...ween, ~~the stars~~ ... and branches

...eyond a tent

...ars. The moon gone down, ... breeze not risen

... urinate up looking at the uncross-like b...

... Southern Cross ...

...ofundity of (initial) urination and thus each morning in the

...ublicity of constellations reflect upon the ...

...isten to the night, and not awake you

...en walk to where Pop sits before the fire,

...ipe comforted, his creatures perched, loving the

...ime before daylight and the windless burning ...

...ead branches he says, "How are you, governor?"

"No worse than you."

The sky is very high there and branches

...one between, ~~the stars~~ from under wh...

...eyond a tent, you step out to see too many

...ars. The moon gone down, the breeze not risen

... urinate up looking at the uncross-like ...

... Southern Cross ...

...ofundity (initial) and th...

Ernest M. Hemingway.

海明威文集

第五纵队　西班牙大地

The Fifth Column & The Spanish Earth

〔美〕海明威 著　宋佥 董衡巽 译

上海译文出版社

目 录

译本序

关于西班牙内战的背景，《丧钟为谁而鸣》卷本文中的有些脚注及后记中已有充分的说明，这里只介绍海明威为纪录片《西班牙大地》写解说词和创作剧本《第五纵队》的一些情况。

1936年，海明威住在佛罗里达州南端的基韦斯特岛。那年年底，“北美报业联盟”的经理约翰·惠勒来信，邀请他赴西班牙报道战况，他同意了，但遭到斯克里布纳出版公司的编辑马克斯威尔·珀金斯和海明威的第二任妻子波琳的反对。珀金斯反对，是因为“此去经年”，怕影响他的创作；波琳不赞成，是因为同去的还有一位早同海明威关系暧昧的名叫玛莎·盖尔霍恩的姑娘，她生怕将来在婚姻的“围城”中有进有出，发生婚变。盖尔霍恩后来果然成为海明威的第三任夫人，这是后话。

海明威对西班牙是很有感情的，他热爱这片浪漫的土地，尤其爱上了斗牛赛，又有许多要好的朋友，所以他不顾珀金斯和波琳的反对，于1937年年初北上纽约同惠勒签订了合同，条件为电讯稿每篇五百美元，邮寄的稿件一千二百字以上的，每篇一千美元，“北美报业联盟”同时为六十家报纸供稿。接着海明威会晤了刚从西班牙回来的《芝加哥论坛报》记者贾·艾伦，得知西班牙几个大城市遭到叛军——法西斯分子的围攻，而农村、山区仍在共和政府军的手里。

1937年2月底，海明威乘坐“巴黎号”经法国去西班牙，3月下旬到达马德里，下榻佛罗里达旅馆①。海明威到了之后，受到共和国政府的欢迎。当局为他提供专车，配备司机，到哪儿采访都畅通无阻。

当时马德里正受佛朗哥军队的围攻，海明威下榻的佛罗里达旅馆附近的通信交换站经常遭到枪击炮轰，旅馆也常中流弹。海明威只要出了旅馆的门，一拐弯就可到达前沿阵地，可以说身处枪林弹雨之中。但是他的情绪很高，曾在一封信中写道："我在意大利作战时还是个孩子，我十分害怕。在西班牙，我过了两个星期就不怕了，而且觉得非常高兴。"②

海明威在写通讯报道的同时，接受了拍摄纪录片《西班牙大地》的任务。此事原是荷兰著名导演尤里斯·伊文斯和美国小说家多斯·帕索斯的合作项目，后来多斯·帕索斯因忙于调查他一个友人的情况，辞去了拍摄工作，请海明威接替，包括写解说词的任务。海明威欣然同意。他取景的重点不同于多斯·帕索斯，后者聚焦于战时平民百姓的生活，海明威则把镜头对准战场。他同伊文斯和摄影师菲尔诺通力合作，经常去前线抢拍镜头。为了赶拍政府军的反攻场面，他们常常天没亮就赶到司令部，跟在坦克和步兵后面，边躲闪炮击边取景拍摄。海明威懂得战争，告诉伊文斯和菲尔诺该站在什么方位取景，或居高临下，或摸到敌人阵地前面，偷偷拍摄敌军官兵的面貌。有一次海明威没有躲藏好，敌人一梭子子弹射来，他差点儿送了命。伊文斯对海明威的表现非常满意，认为海明威对打仗很内行，而且很勇敢，重实效，虽说对拍纪录片不内行，但领悟很快，合作的态度也很谦虚。

---

① 也可意译为"百花旅馆"，是当时支援共和政府的外国人的落脚地，《第五纵队》主要以它为背景。

② 转引自杰弗里·迈耶斯的《海明威传》（麦克米伦出版公司，1986）第305页。

同年5月，海明威回纽约为影片配写解说词。伊文斯在他的文稿上打了许多杠杠。这回海明威就不谦虚了，他大骂："你这天杀的荷兰佬。竟敢改我的稿子？"伊文斯并不生气，只叫他自己边看片子边听解说词，结果五十分钟的片子，解说词倒说了五十五分钟。海明威这才明白，原来为电影镜头配画外音与写小说不同，于是乖乖地听伊文斯的话："不要去写你看到的东西，不要重复银幕上的形象。应该写点相关的事来加强这些形象。"海明威就用自己特有的写作风格写出了通俗易懂的解说词，并对影片的主题写下了这样悲壮动人的说明："我们通过民主选举，取得了耕耘我们土地的权利。现在那些军人集团和在外地主向我们进攻，想把我们的土地夺回去。但是我们要为取得灌溉和耕耘这片西班牙大地的权利而战斗，而那些贵族老爷为了自己的享受，宁可让这土地闲着。"①

《西班牙大地》原来由一位专业演员为之配音，但效果不佳，伊文斯叫海明威自己试试。海明威没有受过这方面的训练，语调平板，抑扬顿挫不起来，又带着美国中西部口音，但是他找得到身临其境的感觉，念得真挚动人，深切自然，这不是任何职业演员所能替代的。于是《西班牙大地》改由海明威自己配音。

拍电影是需要大量资金的，《西班牙大地》耗资巨大。伊文斯等人创建了"当代历史学家"股份有限公司，参加的有多斯·帕索斯、剧作家丽莲·海尔曼和诗人阿奇伯德·麦克利许，负责集资直至影片的发行，而海明威一人负担了资金的四分之一。他们的劳动没有白费。1937年7月8日，由盖尔霍恩牵线，影片在白宫放映，罗斯福总统和夫人观看了影片，很是感动，建议加强宣传。两天之后，伊文斯和海明威飞往洛杉矶，为好莱坞电影界人士放映，海明

---

① 以上三段引文转引自同上著作，第312、313页。

威还对他们介绍了西班牙内战的情况。电影界同仁纷纷捐钱，集资为西班牙共和军购买救护车。

继《西班牙大地》之后，海明威创作了他唯一的一个剧本《第五纵队》。1926年，他发表了以剧本形式表现的短篇小说《今天是星期五》以后，曾向珀金斯表示想写个剧本试试，觉得写剧本很有趣。《第五纵队》以西班牙内战为背景，写一位美国新闻记者秘密为共和政府服务的情况。原来叛军将领摩拉曾在一次广播中宣称在马德里有一个秘密的同情他们的第五纵队准备配合包围该城的四个纵队来瓦解共和军。海明威把剧本取名《第五纵队》，集中描写了共和政府的秘密工作者如何进行反击。

剧中的男主人公菲利普·罗林斯是个美国记者，他的长相很像海明威本人，肩膀宽阔，步态像头猩猩，生活习惯也同他一样，不吃早饭，爱吃牛肉生球葱三明治，经常在齐科特酒吧喝酒，说自己不是该死的苦行僧。他行迹放荡，喝酒、打架、争吵，处处表现出男子汉气概，实际上是在偷偷地收集情报，为共和政府效劳。

女主人公多萝西·布里奇斯以海明威的情人、未来的妻子玛莎·盖尔霍恩为原型。她也是个新闻记者，是一个身材修长、漂亮的金发女郎，但是她并不知道罗林斯的真实身份。

罗林斯一边和“同志们”秘密来往，一边同多萝西热恋，后来有“同志”劝他与她分手，以免犯大错误。罗林斯听从了劝告，终止了与多萝西的关系。

这个剧本后来收入海明威自己编选的《〈第五纵队〉与首辑四十九篇》(1938)。发表之前，看过这个剧本的朋友们都认为海明威这个剧本自传性太强。不仅男主人公像海明威本人，连主人公在佛罗里达旅馆的住处的陈设也像海明威下榻的房间一样。埃·威尔逊批评说这出戏像“小男孩的幻想”[①]。这句评语注重在艺术表现方面，给人一笔抹杀之感。但从总体上说，珀金斯从大处着眼，肯定这剧本的反法西斯倾向，他写信给海明威说“剧本意味着许多东西，再次证明了《有钱人和没钱人》所表现出来的倾向，你从而迈进了新的领域，一个更大的领域”。[②]

美国“戏剧公会”有关人士得知这个剧本之后，想把这三幕剧搬上舞台演出，建议由好莱坞的编剧班杰明·格拉塞加以改编。格拉塞编成之后，海明威不满意，提出修改意见，格拉塞照改了。1938年2月，该剧在美国康涅狄格州南部的纽黑文首演，海明威没有出席，但据珀金斯讲，海明威“对于剧本、剧作家、演出等事现在甚为反感”。海明威自己也说，他早该把《第五纵队》写成小说的。[③]该剧后来于1940年春，在纽约演出，由著名的李·斯特拉斯堡任导演，连演八十七场之多。

在作品体裁方面，任何作家都有个扬长避短的问题，但是作家并不能永远保持清醒，有时会不安分，总想换一种体裁露一露自己多方面的才能。这也好，经过这一试，海明威明白了自己的强项毕竟是小说。经过了这场战争，他还有不少经历和感受要写，于是就一心一意投入长篇小说《丧钟为谁而鸣》的创作中去。

董衡巽

① 转引自卡洛斯·贝克的《海明威生平故事》（斯克里布纳出版公司，1969年）第369页。

② 转引自同上著作，第329页。

③ 转引自同上著作，第339页。

第五纵队

宋佥 译

第一幕·第一场

现在是晚上七点半。地点是马德里佛罗里达旅馆一楼的一条走廊。109 房的房门上挂着一块大牌子，白纸上面是手写的一行字："工作中，请勿打扰。"两个姑娘和两个穿着国际纵队制服的士兵顺着走廊经过。一个姑娘停下脚步，看着标牌。

第一个士兵：来吧。良宵不等人啊。

姑娘：那上面写的是什么？

［另一对男女继续往走廊另一头走去］

士兵：管它是什么，有什么关系呢？

姑娘：不行，念给我听。对我好点。用英语念给我听。

士兵：瞧瞧我抽到了什么签。一个文艺妞儿。真见鬼。我才不念呢。

姑娘：你一点也不好。

士兵：我本来就不该好。

［他抽开身去，用游移不定的目光看着姑娘］

我看上去好吗？你知道我刚从哪儿来吗？

姑娘：我不在乎你从哪儿来。你们全都来自某个可怕的地方，又全都要回那儿去。我只不过请你念给我听那牌子上的字。既然你不愿意，那我们就走吧。

士兵：我念。"工作中，请勿打扰。"

［姑娘笑了，一声干冷、尖利、生硬的大笑］

姑娘：我也要弄一块这样的标牌。

落幕

第一幕 ·第二场

第二场一开始，帷幕立刻升起。109 房室内场景。屋里有一张床和一张床头桌，两把铺着印花布的椅子，一只带镜子的衣柜，还有放在另一张桌子上的一台打字机。打字机边上是一架便携式维克多牌唱机。屋里还有一只电暖器，发出明亮温暖的光，一位高挑健美的金发姑娘正坐在一把椅子上，背靠台灯读着书，台灯摆在唱机旁边的那张桌子上。在她身后是两扇大窗户，窗帘拉着。墙上挂着一张马德里地图，一个男人，35 岁上下，上身穿一件皮夹克，下身穿一条灯芯绒裤子，脚蹬一双沾满了泥巴的靴子，正站在那里看着地图。姑娘名叫多萝西·布里奇斯。她用一种非常文雅的语调说话了，眼睛依然落在书上，抬都不抬一下。

多萝西：亲爱的，有一件事真的是你应该做的，那就是进屋前把你靴子擦干净。

[男人名叫罗伯特·普雷斯顿。他只是继续看着地图]

还有，亲爱的，别拿手指去戳地图。会弄脏它的。

[普雷斯顿依旧看着地图]

亲爱的，你见到菲利普了吗?

普雷斯顿：哪个菲利普?

多萝西：我们的菲利普。

普雷斯顿：[还在看地图] 我顺着格兰大道过来的时候，我们的菲利普正在齐科特酒吧，和那个咬了罗杰斯一口的摩尔人在一起呢。

多萝西：他在做什么很不好的事情吗？

普雷斯顿：[还在看地图]还没有做。

多萝西：可他会做的。他是那么活力四射，兴致高昂。

普雷斯顿：齐科特家的酒可是越来越没劲了。①

多萝西：你的笑话真乏味，亲爱的。我真希望菲利普能来。我无聊死了，亲爱的。

普雷斯顿：别做一个无聊的瓦萨②婊。

多萝西：别骂我难听话，拜托。我现在没心情。再说了，我也不是典型的瓦萨生。我根本不理解那里教我的任何事情。

普雷斯顿：你能理解这里发生的任何事情吗？

多萝西：不能，亲爱的。大学城的事情我能理解一丁点，但不太多。田园之家公园对我来说则是个彻底的谜。还有乌瑟拉，还有卡拉班切尔。真是可怕。③

普雷斯顿：天啊，有时候我真不明白我怎么会爱上你。

多萝西：我也不明白我怎么会爱上你，亲爱的。说真的，我认为这不怎么明智。这只是一个我不幸染上的坏习惯。而菲利普却要有趣得多得多，有活力得多得多。

普雷斯顿：他确实是有活力，千真万确。你知道昨晚齐科特关门前，他在那里做什么吗？他拿了个痰盂，到处给人洒圣水祝福呐。你知道的，就把里面的东西往人身上洒。他差一点点就要被人

---

① 这是一个双关语玩笑。“兴致高昂”的英文是 good spirits，而 spirits 同时还有烈酒的含义，故有此句比照：The spirits are getting awfully bad at chicote's（齐科特家的酒可是越来越没劲了）。

② 瓦萨（Vassar），曾是美国一所著名的女子学院。

③ 大学城、田园之家公园（Casa del Campo）、乌瑟拉（Usera）与卡拉班切尔（Carabanchel）都曾是马德里围城战中共和军与国民军激烈交火的战场。

一枪崩了。

多萝西：可他没有。我真希望他能来。

普雷斯顿：他会来的。齐科特一关门，他就会上这儿来的。

［传来一声敲门声］

多萝西：是菲利普。亲爱的，是菲利普。

［门开了，进来的是酒店经理。他是一个黑黑胖胖的小个子男人，爱集邮，说一口不同凡响的英语。］

哦，是经理啊。

经理：你们好，非常好，普雷斯顿先生？你好啊，好吗，小姐？我就过来看看你们有没有任何一点、任何一种你们不想吃的东西。一切都好，所有人都绝对舒服吗？

多萝西：电暖器这一修好，一切都妙极了。

经理：有电暖器永远都是个麻烦。电是一种还没有被工人控制的科学。还有，那个电工老是把自己给喝傻。

普雷斯顿：他看上去确实不太聪明，那个电工。

经理：聪明。可是喝酒。总是喝酒。然后心思一下子就不在电上了。

普雷斯顿：那你干吗还要留着他？

经理：那是委员会的电工。老实说，好像一场大灾难。这会儿在113房和菲利普先生一起喝酒。

多萝西：［兴高采烈］这么说，菲利普回来了。

经理：不只是回来了。

普雷斯顿：你什么意思？

经理：很难在女士面前说。

多萝西：给他打电话，亲爱的。

普雷斯顿：我不打。

多萝西：那我打。

［她从墙上摘下话筒，说道］

Ciento trece[①]——喂。菲利普？不。你来看我们。拜托了。是的。好的。

［她挂上电话］

他来了。

经理：他不来会好得多。

普雷斯顿：有这么糟糕吗？

经理：比这更糟糕。难以置信。

多萝西：菲利普棒极了。不过他确实跟一些挺可怕的人混在一起。为什么呢？我不明白。

经理：我下次再来。也许如果你们收到了太多你们不能吃的任何东西，非常欢迎来家里，家人一直饿肚子，不能理解食物匮乏。谢谢你们，下次。再见。

［他刚好赶在菲利普先生进来前出去了，两人差点在走廊里撞了个满怀。只听见他在门外说了一句］

下午好，菲利普先生。

［一个低沉的声音用非常欢快的语调说道］

菲利普：*Salud*[②]，集邮同志。最近有没有搜到什么珍版啊？

［轻声细语］

经理：没有，菲利普先生。最近都是一些从非常沉闷的国家来的人。一版5分的美国邮票，还有3法郎50分的法国邮票。需要给新西兰来的同志写航空信。

---

① 西班牙语，意为113。
② 西班牙语，（向你）致敬。

菲利普：嗨，会来的。我们当前不过是处于一个沉闷期罢了。炮击搅乱了旅游季。等到消停一点了，来这里的代表团多的是。

［压低了嗓子，声音严肃起来］

想什么心事呢？

经理：总有一点事。

菲利普：别担心，一切就绪。

经理：还是有一点担心。

菲利普：放松。

经理：你小心，菲利普先生。

［菲利普先生推门进来了。他块头很大，热情洋溢，脚蹬一双橡胶靴］

Salud，混蛋普雷斯顿同志。*Salud*，无聊布里奇斯同志。同志们过得好吗？请让我给你们介绍一位电工同志。进来，马可尼同志。别站在那里。

［一个非常矮小、酩酊大醉的电工推门进来了，身穿一件脏兮兮的蓝外套，脚蹬一双平底鞋，头戴一顶蓝色贝雷帽］

电工：*Salud*，同志们。

多萝西：嗯。啊。*Salud*。

菲利普：这里还有一位摩尔人同志。你们可以说：那位摩尔人同志。几乎是独一无二的一位摩尔人同志。她非常害羞。进来，阿妮塔。

［从门外进来一个来自休达的摩尔人妓女。她很黑，但身材很好，一头鬈发，看上去很不好惹，而且一点也不害羞。］

摩尔人妓女：［声音中满是戒备］*Salud*，同志们。

菲利普：这就是上回咬了弗农·罗杰斯一口的那位同志。让他趴窝了三个礼拜。那一口咬得真够狠。

多萝西：菲利普，亲爱的，你说你能不能给这位同志戴上口套啊？

摩尔人妓女：侮辱。

菲利普：这位摩尔人同志在直布罗陀学会了英语。好地方啊，直布罗陀。我曾经在那里有过一段非同寻常的经历。

普雷斯顿：别说了，我们不想听。

菲利普：你真是一脸阴郁，普雷斯顿。这一点上你还没有领会党的路线。那愁眉苦脸的老一套全都过时了，知道吗。现在，我们可以说正处于一个欢欣鼓舞的新时期。

普雷斯顿：我要是你的话，就不会在自己一无所知的事情上胡说八道。

菲利普：嗨，我看不出有什么事情值得阴郁的。要不要给这些同志们来点酒水点心啊？

摩尔人妓女：［对多萝西说］你这地方不错。

多萝西：谢谢夸奖。

摩尔人妓女：你怎么没有撤离？

多萝西：哦，我就这么赖下了。

摩尔人妓女：你吃得怎么样？

多萝西：有时候不太好，但我们通过大使馆的邮袋从巴黎弄来了一些罐头。

摩尔人妓女：你们什么，大使馆邮袋？

多萝西：罐头，你知道的。*Civet Lièvre*。*Foie gras*。我们还弄到了一些确实很美味的 *Poulet de Bresse*。[①]从局里寄来的。

摩尔人妓女：你在取笑我？

---

① 几个菜名都是法语。*Civet Lièvre*，炖兔肉。*Foie gras*，肥鹅肝。*Poulet de Bresse*，布雷斯鸡。

多萝西：噢，不。当然不是了。我是说，我们吃的是那些东西。

摩尔人妓女：我吃水汤。

[她咄咄逼人地瞪着多萝西]

怎么啦？你不喜欢我的长相？你觉得你比我强？

多萝西：当然不是啦。我也许比你差得远哪。普雷斯顿肯定会说，我差你十万八千里呢。但我们没必要比个高下，对不对？我是说，现在是战时，又是这个那个的，你知道我们都在为了共同的事业而奋斗。

摩尔人妓女：你要是这么觉得，我把你眼珠子挖出来。

多萝西：[求助的眼神，但非常慵懒]菲利普，拜托，跟你的朋友们聊聊，让他们开心点。

菲利普：阿妮塔，听我说。

摩尔人妓女：好吧。

菲利普：阿妮塔，这位多萝西是个可爱的女人……

摩尔人妓女：没有可爱的女人干这一行。

电工：[起身]*Camaradas me voy*。

多萝西：他说什么？

普雷斯顿：他说他要走了。

菲利普：别信他。他总是那么说。

[面朝电工]

同志，你必须留下。

电工：*Camaradas entonces me quedo*。

多萝西：什么？

普雷斯顿：他说他留下。

菲利普：这还差不多，老家伙。你可不想一走了之，把我们丢下，对不对，马可尼？不。电工同志一定会坚守到最后一刻的。

普雷斯顿：我还以为那应该是鞋匠呢——毕竟鞋匠只管修鞋子，守住鞋楦不放手。①

多萝西：亲爱的，你要是再开这种玩笑，我就离开你。我向你保证。

摩尔人妓女：听听。一直在说话。没时间干别的。我们在这儿做什么？

［面向菲利普］

你和我在一起吗？是还是否？

菲利普：你说话可真直截了当，阿妮塔。

摩尔人妓女：我要答案。

菲利普：好吧，阿妮塔。答案是否定的。

摩尔人妓女：你什么意思？拍照片？

普雷斯顿：你看到这里头的关联了吗？相机，拍照，底片？②很可爱，不是吗？她可真质朴。

摩尔人妓女：你说拍照是什么意思？你以为我是间谍？

菲利普：不，阿妮塔。请你明理一些。我只是想说，我不和你一起了。现在不行。我是说，眼下我们怕是要把这事儿搁一搁了。

摩尔人妓女：不行？你不和我一起了？

菲利普：不行，我的小美人。

摩尔人妓女：你和她一起？

［她朝多萝西点点头］

菲利普：或许不会。

多萝西：这事情应该需要先好好讨论一下。

---

① 这又是一个双关语的文字游戏。last 除了指最后一刻之外，还可有鞋匠修鞋用的鞋楦之意。“鞋匠只管把鞋楦(Let the cobbler stick to his last)”是一句英语谚语，意为一个人应该只管好分内事，不要多管闲事。

② 此处的“底片”与上面菲利普所言“否定的”系同一个词 negative。

摩尔人妓女：好吧。我把她眼珠子挖出来。

［她走向多萝西］

电工：*Camaradas, tengo que trabajar*。

多萝西：他说什么?

普雷斯顿：他说他得回去工作了。

菲利普：噢,别理他。他老是有这些奇奇怪怪的念头。这是他的一个 *idée fixe*[①]。

电工：*Camaradas*，*soy analfabético*。

普雷斯顿：他说他不识字。

菲利普：同志,我说,我说,说真的,你知道,要是我们全都没上过学的话,我们也会有同样的麻烦的。别多想了,老家伙。

摩尔人妓女：［面向多萝西］好吧。我想，是的，没错。一口闷。为健康干杯。请 — 请。是的，没错。都是一个意思。

多萝西：可你想说什么,阿妮塔?

摩尔人妓女：你得把牌子摘下来。

多萝西：什么牌子?

摩尔人妓女：门外的牌子。一直在工作,不公平。

多萝西：我从进大学起,就一直在房门上挂着这样一块牌子。我从来都是挂着玩的。

摩尔人妓女：你不摘?

菲利普：她当然会摘的。对不对,多萝西?

多萝西：当然,我会摘的。

普雷斯顿：反正你从来就不工作。

多萝西：没错,亲爱的。可我一直想工作。一旦我对事情的理解有

---

① 法语，执念。

了一丁点的长进，我就要写完那篇《大都会》的文章。

[窗外的街道上传来轰隆一声响，接着是炮弹飞来的嗖嗖声，然后又是轰隆一声响。你能听见碎砖与铁片掉落的声音，还有玻璃落地时的叮当作响]

菲利普：他们又开始炮击了。

[他的声音非常平静，非常严肃]

普雷斯顿：那群混蛋。

[他的声音充满愤懑，相当紧张]

菲利普：你最好把窗户打开，布里奇斯，我的小妞。窗玻璃现在断货了，而冬天就要来了，你懂的。

摩尔人妓女：你把牌子摘了？

[多萝西走到门前，摘下牌子，用一把指甲锉撬出图钉。她把牌子递给阿妮塔]

多萝西：你留着吧。这里还有图钉。

[多萝西走向电灯，伸手关了灯，然后把两扇窗户都打开了。只听见一声好似班卓琴拨弦的巨响，然后一枚炮弹就像是一列高架火车或是地铁一样朝你呼啸而来。接着是第三声巨大的轰鸣，这一次碎玻璃像是雨点一样纷纷落下。]

摩尔人妓女：你是好同志。

多萝西：不，我不是。但我想做一个好同志。

摩尔人妓女：你对我不错。

[通向走廊的门开着，她俩肩并肩，站在从门口射入屋子的亮光里。]

菲利普：那一回我们开着窗户，玻璃就没有震碎。你能听到炮弹飞离炮位的声音。注意听下一发。

普雷斯顿：我恨这该死的夜间炮击。

多萝西：上一场炮击持续了多久？

菲利普：一个小时多一点。

摩尔人妓女：多萝西，你说我们最好进洞吗？

［又是一声班卓琴的拨弦——片刻的寂静之后，是又一枚炮弹飞来的巨大呼啸声，这一回要近得多，随着炮弹轰隆一声爆炸，屋子里满是烟雾和砖屑］

普雷斯顿：真见鬼。我要下去躲躲。

菲利普：这房间的角度非常好，真的。我不开玩笑。我可以从街道上指给你们看。

多萝西：我想我就待在这儿吧。反正都是等着挨炮，在哪儿都一样。

电工：*Camaradas*，*no hay luz*！

［他说这话时，声音高亢得像个先知，身子猛地站了起来，大张着双臂］

菲利普：他说灯灭了。知道吗，这老伙计越来越了不得了。像个电音古希腊剧合唱队。或者是个古希腊剧电音合唱队。

普雷斯顿：我要出去。

多萝西：那么，亲爱的，你能带阿妮塔和电工一起走吗？

普雷斯顿：来吧。

［他们赶在下一发炮弹落下前出去了。下一发炮弹可真是惊天动地］

多萝西：［说话时他们就站在那里，听着爆炸过后碎砖和玻璃稀里哗啦地响］菲利普，这个角度真的安全吗？

菲利普：反正也找不着比这儿更好的地方了。真的。说安全恐怕并不准确；可如今大家似乎也都不再追求安全了。

多萝西：和你在一起，我感觉很安全。

菲利普：请努力不要这么说。那是一句糟糕的习语。

多萝西：可我忍不住。

菲利普：加倍努力。这才是好姑娘。

［他走到唱机边上，放起了肖邦的C小调马祖卡，作品第33号，第4首。他们在电暖器发出的微光中听着音乐］

菲利普：这音乐很单薄，很老土，但确实很美。

［这时传来了加拉比塔斯山上的炮群隆隆的开炮声，炮弹咆哮着嗖嗖地飞来，随即就在窗外的街道上炸开了，一道强光猛地一闪，透过窗户射了进来。］

多萝西：哦亲爱的，亲爱的，亲爱的。

菲利普：［抱住她］你能不能换一个词？我已经听到你这么叫过好多人了。

［你听到了救护车铃的叮当声。然后，在一片寂静中，唱机继续播放着马祖卡舞曲，就在这时——］

落幕

第一幕·第三场

佛罗里达酒店的109房和110房。窗户开着，阳光泻了进来。两个房间当中有一扇打开的门，门框上用图钉钉着一大张战争宣传海报，遮着门，所以即使门开着，门洞却被这张海报给封住了。但门还是能开，这会儿就开着，那张海报像是两个房间当中一道纸糊的大屏风。海报的底部和地面之间大约有2英寸的空间。在109房的床上，多萝西·布里奇斯正在酣睡。在110房的床上，菲利普·罗林斯坐直了身子，望着窗外。透过窗户传来一个男人叫卖日报的声音。"《太阳报》！《自由报》！《今日ABC报》！"一辆汽车鸣着喇叭驶过，接着传来远处的机关枪哒哒哒的开火声。菲利普伸手摘下话筒。

菲利普：请把早报送上来。是的。所有的早报。

［他环顾房间，然后望向窗外。他看着遮住门洞的那张战争宣传海报在明媚的晨光里变得透明］

不。

［他摇摇头］

不喜欢这样。时辰太早了。

［有人敲门］

Adelante。

［又是一声敲门］

进来。进来！

［门开了。来者正是经理，手里拿着报纸］

经理：早安，菲利普先生。非常感谢。你早上还好吧。昨晚的事情真可怕，是吧？

菲利普：每晚的事情都很可怕。吓死人了。

［他咧嘴一笑］

我们来瞧瞧报纸吧。

经理：他们告诉了我阿斯图里亚斯那边的坏消息。那里快完了。

菲利普：［看着报纸］不过这上面没有提。

经理：没有，但我知道你知道。

菲利普：没错。我说，我是怎么住进这个房间的？

经理：你不记得了，菲利普先生？你不记得昨晚了？

菲利普：不。恐怕不记得了。你说来听听，看我能不能想起来。

经理：［用真正惊恐的语调说］你不记得了，真的？

菲利普：［愉快的语调］一点都不记得了。天刚黑的时候几乎没有炮击。齐科特酒吧。是的。把阿妮塔带回来，找了点干净纯粹的乐子。跟她没惹麻烦吧？但愿没有。

经理：［摇着头］没有。没有。不是跟阿妮塔。菲利普先生，你不记得普雷斯顿先生了？

菲利普：不记得了。那个阴郁的老家伙在忙啥？该不是自杀吧？但愿不是。

经理：你不记得把他扔到街上？

菲利普：从这里？

［他从床上伸着脖子，望向窗外］

下面有他的踪迹吗？

经理：不，是从门口，当时你去取了公报，正从部里回来，已经是深夜了。

菲利普：伤着他了？

经理：缝针。缝了几针。

菲利普：你怎么没有出手制止？你怎么能允许那种事情发生在这样一家体面的酒店里呢？

经理：然后你占了他的房间。

［语调哀伤，含着斥责］

菲利普先生。菲利普先生。

菲利普：［兴高采烈，但稍稍有些困惑］不过今天的天气真好啊，你说是不？

经理：哦，是的，天气上佳。适合去郊区野餐的一天。

菲利普：那普雷斯顿做了什么？他长得可壮实了，你知道的。还那么阴郁。肯定好好斗了一场。

经理：他现在在别的房间。

菲利普：哪里？

经理：113房。你的老房间。

菲利普：而我在这里？

经理：是的，菲利普先生。

菲利普：那个吓死人的东西是什么？

［他望着两扇门中间的那张透明的海报］

经理：是张爱国海报，很美的。有着美好的情感，从这里只能看到背面。

菲利普：那它遮着什么呢？它后面通往哪里？

经理：女士的房间，菲利普先生。你现在拥有一个套间，快乐的新婚夫妇住的，我过来看看一切都好吗，你需要任何东西，摇铃叫我。恭喜，菲利普先生。不只是恭喜，绝对不是。

菲利普：那扇门可以从这一边闩上吗？

经理：绝对可以，菲利普先生。

菲利普：那就把门闩上，然后出去吧，叫他们给我拿点咖啡来。

经理：遵命，阁下，菲利普先生。这样美丽的一天，可别生气啊。

［接着匆匆地说道］

拜托，菲利普先生，别忘了马德里的食品形势。如果碰巧有太多的食物，任何品种，包括任何小罐头，任何类别——家里人永远需要，每个品种都缺。现在家里有七口人，包括——菲利普先生，你永远不会相信我纵容自己享有怎样的奢侈—— 一个丈母娘。什么东西她都吃。什么东西都合她口味。还有一个儿子，17 岁，以前是游泳冠军。你们管那叫蛙泳。身体像这样——

［他摆了个姿势，比划着壮硕的胸肌和胳膊］

吃？菲利普先生你不会相信的。他也是个吃的冠军。你应该瞧瞧。这还只是七口里面的两口。

菲利普：我会瞧瞧我能弄到点什么的。我得去自己的房间里拿。要是有人打电话，就叫他们打到这里来找我。

经理：谢谢，菲利普先生。你的心大度得就像街道。外面有两个同志见你。

菲利普：叫他们进来。

［与此同时，多萝西·布里奇斯一直在另一个房间里沉睡。菲利普与经理刚开始谈话时，她并没有醒，只是在床上略微翻腾了一下。现在门已经关好闩牢了，另一个房间里的声音也就再也传不过来了］

［两位穿着国际纵队制服的同志走了进来］

第一位同志：哎。他跑了。

菲利普：你什么意思？什么叫他跑了？

第一位同志：他不见了，就是这样。

菲利普：［语速很快］怎么回事？

第一位同志：你告诉我怎么回事。

菲利普：够了。

［面向第二位同志，声音冰冷］怎么搞的？

第二位同志：他不见了。

菲利普：那么你当时在哪里呢？

第二位同志：就在电梯和楼梯中间。

菲利普：［转向第一位同志］你呢？

第一位同志：整晚都守在门外。

菲利普：你们是在什么时间离开岗位的？

第一位同志：没有的事儿。

菲利普：最好想清楚点儿。你们知道这是在冒什么样的险，对不对？

第一位同志：非常抱歉，可他跑了，事情就是这么个事情。

菲利普：噢，不，不是的，我的孩子。

［他摘下话筒，报了一个号］

Noventa y siete zero zero zero[①]。是的。安东尼奥？麻烦了。是的。他不在？不。请派人来佛罗里达酒店113房带走两个人。是的。拜托。是的。

［他挂上电话］

第一位同志：可我们只不过是——

菲利普：慢慢儿来。这下你们得讲一个非常好的故事出来才行了。

第一位同志：可我们没有别的故事了，除了刚才我已经告诉过你的。

---

① 西班牙语，907000。

菲利普：慢慢儿来。不着急。坐下吧，好好想想清楚。别忘了，他之前在你们手里，就在这座酒店里。在这里他是不可能逃过你们的。

［他读着报纸。两位同志阴沉着脸站在那里］

［他没有抬眼看他俩］

坐下。自在点儿。

第二位同志：同志，我们——

菲利普：［看都不看他］别用那个词。

［两位同志面面相觑］

第一位同志：同志——

菲利普：［丢下一份报纸，拿起另一份］我告诉过你不要用那个词。它从你嘴里说出来不怎么好听。

第一位同志：政委同志，我们想说——

菲利普：省省吧。

第一位同志：政委同志，你得听我说。

菲利普：我过会儿再听你说。别担心，小伙子。我听你说。你刚才进来的时候，好像横得很啊。

第一位同志：政委同志，请听我说。我想告诉你。

菲利普：你让一个我要的人跑了。你让一个我需要捉住的人跑了。你让一个会杀人的人跑了。

第一位同志：政委同志，拜托——

菲利普：拜托——这个词从一个士兵的嘴里说出来可真滑稽。

第一位同志：我不是职业士兵。

菲利普：你一旦穿上了这身制服，你就是一个士兵。

第一位同志：我来是为了一个理想而战。

菲利普：这话真漂亮。现在，让我来告诉你点别的。你来是为了一个理想而战；然后，比方说，你在遭到攻击时吓傻了。你不喜欢战场的喧嚣或是别的什么，有人中弹死去——你不喜欢这样的场面——然后你贪生怕死了——你朝自己的手上或是脚上开了一枪，就为了夹着尾巴逃出去，因为你再也受不了了。然后呢，你就会因此而被枪毙，你的理想也救不了你，兄弟。

第一位同志：可我作战很勇敢。我可没有自残。

菲利普：我没说你有。我只是想要向你解释一件事情。可我好像没有解释清楚。我在想——你瞧，那个你放跑的人——他接下来会干什么呢？我上哪儿再找这样一个绝妙的好地方把他捉住呢，赶在他杀人之前？你瞧，我真的非常需要捉住他，非常需要活捉他。而你们让他跑了。

第一位同志：政委同志，如果你不相信我——

菲利普：是的，我不相信你；还有，我不是政委。我是警察。我不相信我听到的一切，也很少相信我见到的一切。你什么意思——相信你？听着。你真不走运。我得设法查明你们是不是故意这么干的。我一点儿也不期待这件事。

[他给自己倒了一杯酒]

你们若是聪明，你们也不该期待这件事。就算你们不是故意的，事情的后果也是一样。关于职责，只需记住一件事。你们必须履行职责。关于命令，也只需记住一件事。**命令必须得到服从**。要是有时间的话，我可以向你们解释纪律为何是一种仁慈，但话说回来，我不太擅长解释。

第一位同志：拜托，政委同志——

菲利普：再说那个词一遍，你可就要把我给惹火了。

第一位同志：政委同志。

菲利普：闭嘴。我没礼貌——瞧见没有？我老是得注意礼貌，弄得我都烦了。礼貌让我厌倦。我得当着我老板的面跟你们谈。还有，别再来政委那一套了。我是个警察。你们现在跟我说什么都没有意义。你们瞧，这件事我也有麻烦，知道不。要是你们真不是故意的，我就不至于太担心了。我只是得知道，明白不。我跟你们说吧。如果你们不是故意的，我就跟你们五五分担。

［有人敲门］

Adelante。

［门开了，进来两名穿着蓝色制服的突击近卫军，头戴平顶帽，身上扛步枪］

第一名近卫军：*A sus órdenes mi comandante*[①]。

菲利普：把这两个人带到保卫处去。我一会儿要跟他们谈谈。

第一名近卫军：*A sus órdenes*。

［第二位同志起身向门口走去。那名近卫军双手沿着他体侧上下搜身，看他有没有武器］

菲利普：两个人都有武器。缴了他们的械，把他们带走。

［面向两位同志］

祝你们好运。

［他说这话时，语带讥讽］

希望你俩能平安出来。

［四个人都出去了，你能听到他们顺着楼道走远的脚步声。在另一个房间里，多萝西在床上翻了个身，醒了过来，打了个哈欠，伸着懒腰，伸手去拉挂在床边的服务铃。你听到了铃声。菲利普也听到了。有人敲了敲门］

菲利普：*Adelante*。

① 西班牙语，听您吩咐，长官。

[进来的是经理，满面愁容]

经理：逮捕了两个同志。

菲利普：非常糟糕的同志。至少有一个很糟糕。另一个说不定是好同志。

经理：菲利普先生，现在太多事情在你身边发生了。我作为朋友告诉你。试着让一切平静一点。这么多事情不停地发生，不太好。

菲利普：是的。我想是不太好。今天的天气还是挺美好的，不是吗？还是说，已经不好了？

经理：我来告诉你该怎么做。这样的一天，你应该去远足，去乡村野餐。

[隔壁房间里，多萝西已经披好了晨衣，穿上了拖鞋。她消失在浴室，出来的时候正梳着头发。她的头发很美，她就坐在床上，正对着电暖器梳着这头金发。素颜的她看上去非常年轻。她又拉一下铃，一个女仆过来开门。那是一个年约六旬的小老太太，穿一件蓝上衣，系一条围裙]

女仆：[她叫佩特拉]*Se puede*？①

多萝西：早上好，佩特拉。

佩特拉：*Buenos días*，*Señorita*。②

[多萝西回到床上，佩特拉将早餐盘放在床头]

多萝西：佩特拉，没有鸡蛋了吗？

佩特拉：没有了，*Señorita*。

多萝西：你妈妈好点了吗，佩特拉？

---

① 西班牙语，可以（进来）吗？
② 西班牙语，日安，小姐。

佩特拉：没有，*Señorita*。

多萝西：你拿一个杯子，现在就喝点咖啡。马上。

佩特拉：我等您吃完了再喝，*Señorita*。昨晚的炮击很严重吗？

多萝西：噢，真美妙。

佩特拉：在进步区，我所在的区，一层楼里有六个人被炸死。今天早上他们在把死人抬出来，街上所有的玻璃都没了。这个冬天没有玻璃了。

多萝西：这里没有一个人被炸死。

佩特拉：先生准备用早餐吗？

多萝西：先生不在这里了。

佩特拉：他上前线了？

多萝西：噢，没有。他从不上前线。他只是写前线。这里有另一位先生。

佩特拉：[哀伤地问]是谁呢，*Señorita*？

多萝西：[开心地答]菲利普先生。

佩特拉：噢，*Señorita*。多么可怕。

[她哭着出去了]

多萝西：[冲着她的背影喊]佩特拉。噢，佩特拉！

佩特拉：[逆来顺受地说]是，*Señorita*。

多萝西：[开心地说]去看看菲利普先生起来了没有。

佩特拉：是，*Señorita*。

[佩特拉来到菲利普先生的门前，敲了敲门]

菲利普：进来。

佩特拉：*Señorita* 请我来看看您有没有起床。

菲利普：没有。

佩特拉：[另一扇门前]先生说他还没有起来。

多萝西：叫他过来，吃点早饭。佩特拉，拜托了。

佩特拉：［另一扇门前］*Señorita* 请您过来吃点早饭，可早饭本来就挺少的。

菲利普：告诉 *Señorita* 我从不吃早饭。

佩特拉：［另一扇门前］他说他从不吃早饭。可我知道他一个人的早饭吃得比三个人还多。

多萝西：佩特拉，他可真难处。你就告诉他别傻了，请他过来就好。

佩特拉：［另一扇门前］她叫你过来。

菲利普：真会说话。真会说话。

［他穿上晨衣和拖鞋］

这鞋真小。一定是普雷斯顿的。不过袍子不错。也许我可以出个价，从他手里买下来。

［他收起报纸，开门走向另一个房间，一边敲门一边把门推开］

多萝西：进来。噢，你来了。

菲利普：这么做难道不是非常的不合传统吗？

多萝西：菲利普，亲爱的，你个大笨蛋。你上哪儿去了？

菲利普：在一个非常奇怪的房间里。

多萝西：你怎么进去的？

菲利普：不知道。

多萝西：你什么都不记得了？

菲利普：我记得我一通胡闹，把某人给扔出去了。

多萝西：那人是普雷斯顿。

菲利普：真的？

多萝西：真的，千真万确。

菲利普：我们得把他弄回来。真不该这么粗鲁的。

多萝西：噢，不，菲利普。不。他一去不回了。

菲利普：可怕的表达：一去不回。

多萝西：[毅然决然地]一劳永逸。

菲利普：这表达更可怕。让我见鬼鬼了。

多萝西：什么是见鬼鬼，亲爱的？

菲利普：就是超级活见鬼。你知道的。这一秒它们在你眼前，下一秒又不见了。你得提防它们拐个弯又冒出来。

多萝西：你以前没有过吗？

菲利普：噢，有过。我什么都有过。最吓人的东西，我记得是一队海军陆战队员。突然一下子就冲进了房间。

多萝西：菲利普，坐下。

[菲利普小心翼翼地在床上坐下]

菲利普，你得答应我一件事。你能不能不再继续这样喝酒胡闹，没有生活目标，什么正事也不做了？你不会就打算做一个马德里城的花花公子吧？

菲利普：马德里城的花花公子？

多萝西：是的。混迹于齐科特酒吧。还有"迈阿密"。还有大使馆，还有什么部，还有弗农·罗杰斯的公寓，还有那个可怕的阿妮塔。不过大使馆真的是最糟糕的。菲利普，你不会的，对吗？

菲利普：没了这些还有啥呢？

多萝西：还有一切。你可以做点严肃体面的事情。你可以做点勇敢、平和、向上的事情。你知道，你要是继续从一个酒吧钻到另一个酒吧，跟那些可怕的人混在一起，你会怎么样吗？你会被人一枪崩了的。那天晚上，一个男人就在齐科特被人崩了。真可怕。

菲利普：那人我们认识吗？

多萝西：不认识。就是一个可怜虫，拿着喷雾枪见人就喷。他并没有恶意。可有个人不高兴了，拿枪把他给崩了。我看到了，那场面真叫人难受。他们一下子就把他打死了，他就仰面躺在那里，面如死灰，可就在刚才他还是那么兴高采烈。他们把所有人都在现场拘留了两个小时，警察挨个儿嗅每个人的枪口，酒吧也不卖酒了。他们没有拿东西把他遮起来，一个男人就坐在紧挨着他的一张桌子旁，我们都得挨个儿过去，拿我们的证件给那男人看——这真的是太叫人难受了，菲利普。还有，他的袜子脏得要命，他的鞋底完全磨穿了，而且他根本没穿汗衫。

菲利普：可怜的小子。你知道吗，他们现在喝的那东西完全就是毒药。让人疯疯癫癫的。

多萝西：可是菲利普，你不必变成那样的。你不必到处鬼混，惹得人家搞不好也把你给崩了。你可以做点政治类的事情，或是军事类的事情——好事情。

菲利普：别诱惑我。别勾起我的野心。

［他顿了一下］

别给我看未来的远景。

多萝西：那天晚上你拿着痰盂玩的那一出真是太可怕了。你想在齐科特酒吧那里惹麻烦。你就是在惹事，所有人都这么说。

菲利普：那我是在惹谁呢？

多萝西：我不知道。不管是谁，又有什么差别呢？你根本就谁都不该惹。

菲利普：没错，我想我确实不该。麻烦不用惹，说不定也马上就来了。

多萝西：说话别这么悲观，亲爱的——我们才刚刚开始共同的生活呢。

菲利普：我们——？

多萝西：我们共同的生活。菲利普，你不是想要长寿、幸福、安宁的一生吗？在一个像圣特罗佩那样的地方——或者，你懂的，像曾经的圣特罗佩——散长长的步，游泳，生孩子，开开心心，十全十美。我是说真的。你不想要这一切，直到生命的尽头吗？我是说，你懂的，这又是战争又是革命的。

菲利普：那我们早餐的时候读《大陆每日邮报》，吃奶油面包卷配新鲜的草莓酱？

多萝西：亲爱的，我们也可以吃火腿鸡蛋，你也可以读《每日晨报》，只要你乐意。每个人都会说：*Messieur-Dame*①。

菲利普：《每日晨报》刚刚停刊了。

多萝西：噢，菲利普，你真叫人丧气。我刚为咱俩想好了如此幸福的一生。你不想要孩子吗？他们可以在卢森堡公园里玩耍，滚铁环，驾帆船。

菲利普：你还可以在地图上指给他们看。你知道的，甚至在地球仪上。"孩子们——"我们管男孩叫德里克，这是我知道的最糟糕的名字。你可以说："德里克。那里是黄浦江。现在跟着我的手指，我来指给你看爸爸在哪儿。"然后德里克会说："没错，妈妈。我见过爸爸吗？"

多萝西：噢，不。不是那样的。我们就找一个美好的地方一起生活，你会写作。

菲利普：写什么？

多萝西：你想写什么就写什么。小说，散文，或许再写一本讲述这场战争的书。

---

① 法语，先生，太太。Messieur 应该是作者拼写错了，应为 Monsieur（先生），复数为 Messieurs。

菲利普：那得是一本漂亮的书。说不定可以配上——配上——你知道的——插图。

多萝西：或者你也可以研究研究，写一本政治类的书。政治类的书永远卖得好，有个人告诉过我的。

菲利普：[拉响服务铃]我想是的。

多萝西：你还可以研究研究，写一本探讨辩证法的书。一本探讨辩证法的新书总归有市场。

菲利普：真的吗？

多萝西：不过，亲爱的菲利普，当务之急是你得从此时此处开始迈开你的第一步，做一点值得做的事，别再当一个彻头彻尾的花花公子了。

菲利普：我以前在一本书上读到过一种说法，可我真的不知道有没有这回事。一个美国女人的人生第一要务，真的就是要她暗许芳心的那个男人放弃一件事吗？你知道的，四处买醉啦，抽弗吉尼亚烟啦，系绑腿啦，打猎啦，或是别的什么傻事。

多萝西：不，菲利普。问题在于，对于任何女人而言，你都会是一个非常棘手的难题。

菲利普：希望如此。

多萝西：我也不要你放弃什么事。我要你开始什么事。

菲利普：很好。

[他吻了她]

我会的。现在，吃你的早饭吧。我得回去打几个电话了。

多萝西：菲利普，别走。

菲利普：我去去就回，亲爱的。我会非常认真的。

多萝西：你知道你刚刚说了什么吗？

菲利普：当然。

多萝西：[一脸幸福]你说亲爱的。

菲利普：我知道这个词有传染性，可我不知道它的感染力这么强。原谅我，宝贝。

多萝西：宝贝也是个好词。

菲利普：那就再见了——唔——甜心。

多萝西：甜心，噢，你哟，我亲爱的。

菲利普：再见，同志。

多萝西：同志。噢，可你之前说的是亲爱的。

菲利普：同志是个挺有分量的词。我想我不该把它到处乱用。我收回。

多萝西：[欣喜若狂]噢，菲利普。你开始朝政治方面发展了。

菲利普：上帝啊——呃，你知道的，管他是什么，救救我们。

多萝西：不要说亵渎上帝的话。会招来大霉运的。

菲利普：[非常匆忙，非常严肃]再见，亲爱的宝贝甜心。

多萝西：你不叫我同志了。

菲利普：[朝门外走去]不叫了。你瞧，我开始朝政治方面发展了。

[他走进隔壁房间]

多萝西：[摇铃叫来佩特拉。对她说话。坐在床上，舒舒服服地朝后一躺，靠着枕头]噢，佩特拉，他是如此可爱，如此充满活力，如此开朗活泼。可他什么都不做。他本该给某家愚蠢的伦敦报纸发报道的，可搞审查的那些人说，他几乎就从来没有发过什么东西。听够了普雷斯顿老是唠叨老婆孩子，他是如此让人神清气爽。让普雷斯顿回到他老婆孩子身边去吧，既然他那么惦念他们。我敢打赌他不会回去的。那些战争中的“老婆孩子男”啊。他们不过是先利用老婆孩子打开突破口，跟人上床，刚一完事儿又搬出老婆孩子当大棒来打击你。我是说，狠狠地打击你。真不知道我是怎么忍受普雷斯顿这么长时间的。而且他是如此阴郁。老是觉得城池即将沦陷，老是看着地图。老是看地图是一个男人能够染上的所有毛病当中最烦人的一个。是不是，佩特拉?

佩特拉：我不理解，*Señorita*。

多萝西：噢，佩特拉，我想知道他这会儿在做什么。

佩特拉：不会是什么好事。

多萝西：佩特拉，别这么说。你是个失败主义者。

佩特拉：不，*Señorita*。我没有政治。我只做工。

多萝西：好吧，你现在可以走了，因为我觉得我还要再睡上一小会儿。这个早上我感觉这么困，这么好。

佩特拉：那你好好休息，*Señorita*。

[她出去的时候关上门]

[隔壁房间里，菲利普在接电话]

菲利普：是的。好。叫他上来。

[有人敲了一下门，进来的是一位穿国际纵队制服的同志。他漂亮地敬了个礼。这是一个年轻英俊，皮肤黝黑的男孩子，23岁上下]

Salud，同志。进来。

同志：我是纵队派来的。我应该在113房向您报到。

菲利普：换房间了。你有命令的副本吗?

同志：命令是口头下达的。

[菲利普拿起电话，要求转接一个号码]

菲利普：*Ochenta—dos zero uno cinco*[①]。喂，“小口鳕”? 不。“小口

① 西班牙语，80—2015。

鳕”。我是“狗鳕”。是的。“狗鳕”。好的。“小口鳕”？

[他转向那位同志]

你叫什么，同志？

同志：威尔金森。

菲利普：喂，“小口鳕”。你派了一位威尔金森同志来“渔场亭”？

好。非常感谢。*Salud*。

[他挂上电话，转向那位同志，伸出一只手]

很高兴见到你，同志。什么事？

威尔金森同志：我受您指挥了。

菲利普：哦。

[他看上去非常的勉为其难，因为某件事情]

你多大了，同志？

威尔金森同志：20岁。

菲利普：玩得开心吗？

威尔金森同志：我来这里不是为了开心的。

菲利普：不是。当然不是。我只是问问。

[他顿了一下，然后就把这份勉强抛到了九霄云外。他开始用一种非常军事化的口吻说话]

现在，我有一件事得告诉你。在这出戏里，你必须佩带武器，好彰显你的权威。但你决不允许在任何情况下使用武器。在任何情况下。清楚了吗？

威尔金森同志：自卫也不行吗？

菲利普：在任何情况下都不允许。

威尔金森同志：我明白了。我要执行什么命令？

菲利普：下楼去，散个步。然后回到这里，开一间房，登记入住。你一住进房间，就过来一趟，让我知道你的房间号，然后我会告诉你接下来该怎么做。今天你得在自己的房间里度过大半日了。

[他顿了一下]

好好散个步。要么再喝杯啤酒。阿吉拉尔那里今天有啤酒卖。

威尔金森同志：我不喝酒，同志。

菲利普：没错。非常好。我们老一辈总有些恶习，就像麻风病的麻点一样，到了如今已经很难根除了。但你是我们的榜样。去吧。

威尔金森同志：是，同志。

[他敬了个礼，出去了]

菲利普：[在他走后]真可惜。是的。太可惜了。

[电话铃响了]

喂？是我。好。不。对不起。拜拜。

[他挂上电话……电话铃又响了]

哦，喂。是的。我非常抱歉。真遗憾。我会的。是的。拜拜。

[他挂上电话。电话铃又响了]

哦，喂。噢，对不起，真的对不起。我们过一会会儿再聊，你看怎么样？不行？好小子。进来吧，我们来做个了结。

[有人敲门]

进来。

[来者正是普雷斯顿。他的一根眉毛上面打着绷带，看上去面色不太好]

我真心抱歉，你知道的。

普雷斯顿：那又有什么用？你的举止令人发指。

菲利普：没错。那么现在我还能做什么呢？

[语气十分直截了当]

我说过了，我很抱歉。

普雷斯顿：唔，你可以脱掉我的晨衣和拖鞋。

菲利普：[脱掉衣鞋]好。

[他交出衣鞋]

[一脸遗憾]

这件袍子你不打算卖，是吗？真是好东西。

普雷斯顿：不卖。现在，滚出我的房间。

菲利普：我们又得从头再来一遍吗？

普雷斯顿：你要是不出去，我就打电话叫人把你扔出去。

菲利普：那你就打吧。

[普雷斯顿打了电话。菲利普走进浴室。里面传来哗哗的水声。有人敲门，进来的是经理]

经理：没有事对劲？

普雷斯顿：我要你叫警察，把这个人从我的房间弄走。

经理：普雷斯顿先生。我这就叫女仆帮你打包东西。你会在114房很舒服的。普雷斯顿先生你是聪明人，不会真想把警察招进酒店的。警察的第一句话说什么？这罐牛奶是谁滴？这听咸牛肉是谁滴？哪个人在这家旅馆里私藏咖啡？衣柜里面的这么多糖是哪个意思？谁弄了三瓶威士忌？这里是咋么一回事？普雷斯顿先生不会因为私事叫警察的。普雷斯顿先生，我求求你了。

菲利普：[在浴室里喊]这三块肥皂是谁的？

经理：瞧见没，普雷斯顿先生？公家介入私事，永远会作出错误的解读。违法的，有这些东西。有条法律严禁任何形式的私藏。警察要误解哒。

菲利普：[在浴室里喊]哪个人在这里弄了三瓶古龙水？

经理：瞧见没，普雷斯顿先生？凭我满腔的良好志愿，我不能引入警察。

普雷斯顿：哦，见鬼——去吧，你们俩。那就叫人把东西搬到 114 房去吧。你是个十足的流氓无赖，罗林斯。记住我的话，听见没？

菲利普：［在浴室里喊］这四管曼依牌剃须膏是哪个的？

经理：普雷斯顿先生。四管。普雷斯顿先生。

普雷斯顿：你就会干一件事：讨吃的。我给你的已经够多了。赶快打包，叫人搬家。

经理：很好，普雷斯顿先生，但有一件事。尽管与我满腔的志愿相违背，但我还是发起了小小的请愿，要的不过是超群的数量——

菲利普：［在浴室里，差点没笑岔气］你说什么？

经理：刚刚在跟普雷斯顿先生说，我只请求了超出需求的那一点食物，而且只是因为家里有七口人。听着，普雷斯顿先生，我家里有岳母——那个奢侈品——她脑袋里现在只剩一颗牙了。你理解的。一颗牙。就凭这颗牙，她什么都吃，什么都爱。等到这颗牙没了，我就得给她买一整副假牙，有上面的牙也有下面的牙，可以吃更加高级的东西了。可以吃牛排，可以吃排骨，可以吃——你们管那叫什么来着——沙朗。每天晚上——我告诉你，普雷斯顿先生——我都问她：老太太，那颗牙怎么样啊？每天晚上我都在想，一旦这颗牙没了，我们该怎么办啊？给她一整副有上有下的新牙，马德里城里的军队都该没有足够的马匹了。我告诉你，普雷斯顿先生，你绝对没见过这样一个女人。这样一个大奢侈。普雷斯顿先生，你不能匀出一小罐随便什么超群的东西吗？

普雷斯顿：从罗林斯那儿弄点什么吧。他是你的朋友。

菲利普：［从浴室里出来］从我这儿集邮先生超群了一罐咸牛肉。

经理：噢，菲利普先生。您的心胸比这座酒店更宽大。

普雷斯顿：也更肮脏。

［他出去了］

菲利普：他很生气。

经理：你抢走了小姐。让他暴跳如雷吧。让他满腔——你们怎么说的来着——驴(妒)火吧。

菲利普：没错。他不过是一肚子驴火罢了。昨晚我就是想给他消消火的。可是没用。

经理：听着，菲利普先生。告诉我一件事。这场战争会持续多久？

菲利普：很久，我想。

经理：菲利普先生，我讨厌听你这么说。现在是一年了。不好玩的，你知道。

菲利普：别担心啦。你自己挺下去就好。

经理：你小心点，也要挺下去，菲利普先生，小心再小心。我知道。别以为我不知道。

菲利普：别知道得太多了。不管你知道什么，把你那张顶呱呱的老嘴闭紧点，听到没？这样我俩才能合作愉快。

经理：可你要小心，菲利普先生。

菲利普：我挺着哪。喝一杯？

［他倒了一杯苏格兰威士忌，往里面兑了点水］

经理：我从来不碰酒。可你听着，菲利普先生。小心再小心。105 里的非常坏。107 里的非常坏。

菲利普：多谢。我知道。只是 107 里的那个被我弄丢了。他们让他给跑了。

经理：114 里的只是个傻瓜。

菲利普：相当傻。

经理：昨天晚上想要钻进 113 房找你的，假装弄错了。我知道。

菲利普：这就是为什么我昨晚不在那里。我找了个人替我料理傻瓜。

经理：菲利普先生，你千万当心。你要我在门上装一把耶尔锁吗？那种大锁？非常结实的那种？

菲利普：不要。大锁没用。干这一行就不能用大锁。

经理：你有什么特别的需要吗，菲利普先生？我能做点什么吗？

菲利普：没有。没什么特别需要的。谢谢你支走了那个想要开房的瓦伦西亚傻瓜记者。我们这里的傻瓜已经够多了，包括你和我。

经理：不过你要是愿意，我可以过一阵子让他进来。我告诉他没房间了，有了会告诉他的。如果局势能平静下来，日后再放他进来。菲利普先生，你要照顾好自己。拜托了。你知道的。

菲利普：我好端端地挺着哪。我只是有时候精神不太好。

［与此同时，多萝西·布里奇斯起了床，去过浴室，穿戴整齐，又回到了房里。她在打字机间坐下，又起身往唱机上放了一张唱片。那是一首肖邦的降A小调叙事曲，作品第47号。菲利普听着音乐］

菲利普：［转向经理］容我失陪一小会儿。你不去搬他的东西吗？要是有人进来找我，叫他等着，好吗？

经理：我吩咐搬东西的女仆。

［菲利普走到多萝西的门前，敲敲门］

多萝西：进来，菲利普。

菲利普：不介意我进来喝一杯，坐一会儿吧？

多萝西：不介意。请便吧。

菲利普：我想请你做两件事。

［唱机停了。在另一个房间里，你能看到经理出了门，女仆走了进来，把普雷斯顿的东西在床上堆成一堆。］

多萝西：什么事，菲利普？

菲利普：一、搬出这家旅馆；二、回美国去。

多萝西：什么，你这大胆无礼的家伙。你比普雷斯顿还要糟。

菲利普：两件事我都是认真的。这家旅馆现在不是你待的地方。我是认真的。

多萝西：而我刚刚开始如此喜欢和你在一起呢。菲利普，别傻了。拜托了，亲爱的，别傻了。

[在另一间房间的门口，你看到那个穿着国际纵队制服的小同志威尔金森站在敞开的门前]

威尔金森：[冲着女仆]罗林斯同志？

女仆：进来坐着吧。他说了让你等等。

[威尔金森在一把椅子上坐下，背对着门。隔壁房间里，多萝西又放好了唱片。菲利普抬起唱针，唱片就在唱盘上一圈又一圈地转着]

多萝西：你说你想喝一杯的。拿着。

菲利普：我不想喝。

多萝西：怎么了，亲爱的？

菲利普：你知道我开始严肃起来了。你必须离开这里。

多萝西：我不怕炮击。你知道的。

菲利普：我说的不是炮击。

多萝西：那么，你说的又是什么呢，亲爱的？你不喜欢我？我想让你在这里过得非常幸福。

菲利普：我做什么能让你搬出去？

多萝西：什么都不行。我不出去。

菲利普：我叫人把你弄到维多利亚酒店去。

多萝西：你休想。

菲利普：我真希望我能对你说。

多萝西：你为什么不能说？

菲利普：我不能对任何人说。

多萝西：可是，亲爱的，这只是一种情感压抑症。你可以去看一个心理分析师，一眨眼就能把这毛病治好。很容易，很奇妙的。

菲利普：你无可救药了。可你真的很美。我这就叫人帮你搬家。

[他把唱针压回唱片上，上紧唱机的发条]

菲利普：很抱歉，如果我脸色阴沉的话。

多萝西：也许那只是你的肝脏有问题，亲爱的。

[就在唱机播放着音乐的同时，你看到有个人在隔壁房间门口停下了脚步，房间里女仆正在忙碌，小伙子依然坐着。那是一个头戴贝雷帽，身披防雨风衣的男人，只见他倚着门框，用一把长管毛瑟手枪稳稳地瞄准目标，一枪便打中了小伙子的后脑勺。女仆尖叫起来——"啊——呀！"随即用围裙捂住脸大哭起来。菲利普一听到枪声，一把将多萝西推到床上，朝门口冲去，右手握着手枪。推开房门，他朝左右张望了一下，一边掩护住身体，接着绕过角落进入房间。女仆看到他拿着枪，又开始尖叫]

菲利普：别傻了。

[他走到小伙子坐着的那把椅子边，抬起他的头，然后放了手，任由它垂落]

混蛋。卑鄙的混蛋。

[多萝西尾随着他来到门口。他将她推了出去]

菲利普：出去。

多萝西：菲利普，怎么回事？

菲利普：别看他。那是个死人。有人开枪打死了他。

多萝西：谁开的枪？

菲利普：也许是他自己。这不干你的事。出去。你没见过死人吗？你不是什么战地女记者吗？出去，去写篇稿子。这里不干你的事。

［接着面向女仆］

快点快点，把那些罐头啦瓶子啦统统搬出去。

［他动手把衣橱架上的东西一股脑地往床上扔］

所有的牛奶罐头。所有的咸牛肉。所有的糖。所有的听装三文鱼。所有的古龙水。所有的超额肥皂。统统搬出去。我们得叫警察了。

落幕

第一幕完

第二幕·第一场

保卫处总部的一个房间。屋里有一张光秃秃的桌子，桌上除了一盏绿色的台灯外一无所有。桌子后面坐着一个身材短小的男人，一张苦行僧般的脸上生着一对薄薄的嘴唇和一只鹰钩鼻，还有一对浓眉。菲利普坐在桌子边上的一把椅子上。那个鹰脸男人手握铅笔。桌子前面的一把椅子上坐着另一个男人。他正在哭泣，浑身颤抖，泣不成声。安东尼奥[鹰钩鼻男人]饶有兴致地看着他。此人正是第一幕第三场里的第一位同志。他光着头，上衣不见了，两条用来吊住他那条松松垮垮的国际纵队军裤的背带此刻垂落在裤腿两侧。随着帷幕升起，菲利普站了起来，看着第一位同志。

菲利普：[声音疲惫]我想要再问你一件事。

第一位同志：别问我。拜托别问我了。我不想要你问我了。

菲利普：你当时睡着了吗？

第一位同志：[哽咽着说]是的。

菲利普：[精疲力竭的声音没有半点起伏]你知道睡着了的惩罚是什么吗？

第一位同志：知道。

菲利普：你为什么一开始不说呢？不然我们能省去多少麻烦啊。我又不会因为这个把你毙了。我现在只是对你很失望。你以为我们枪毙人是为了好玩儿？

第一位同志：我应该告诉你的。我当时吓坏了。

菲利普：是的。你应该告诉我的。

第一位同志：真的，政委同志。

菲利普：［面向安东尼奥，冷冰冰地］你觉得他当时是睡着了吗？

安东尼奥：我怎么知道？你要我审问他吗？

菲利普：不用了，我的上校，不用了。我们要的是信息。我们不想要忏悔。

［转向第一位同志］

听着，睡着的时候，你做了什么梦？

第一位同志：［止住啜泣，迟疑了一下，接着说道］我想不起来了。

菲利普：想想看。不着急。我只是想确认一下，明白吧。别想撒谎。你一撒谎，我就知道。

第一位同志：我想起来了。我背对着墙，身子往后靠的时候，步枪就夹在两腿中间，然后我记得——

［他哽咽了一下］

在梦中——我想那是我的妞儿，她在对我做——做一些不太好讲的事情。我不知道那是怎么一回事。那只是个梦。

［他又噎住了］

菲利普：［面向安东尼奥］这下你满意了？

安东尼奥：我不太能够理解。

菲利普：哎，我猜没人真的能够完全理解，可他的话我信了。

［转向第一位同志］

你的妞儿叫什么名字？

第一位同志：阿尔玛。

菲利普：好吧。你给她写信的时候，记得跟她说，她给你带来了大大的好运。

［面向安东尼奥］

就我而言，你可以把他带走了。他读《工人日报》。他认识乔·诺斯[1]。他的妞儿叫阿尔玛。他在国际纵队那边的履历很好，然后他睡着了，让一个公民溜走了，那人开枪打死了一个叫威尔金森的小伙儿，把他误当成了我。我们应该做的就是灌他一肚子浓咖啡，让他保持清醒，让步枪远离他的裆部。听着，同志，要是我在履行职责的时候对你言语粗鲁，我向你道歉。

安东尼奥：我想提几个问题。

菲利普：听着，我的上校。要是我不适合干这个，你不会让我在这干这么久的。这孩子没问题。你知道，我们这些人一个都谈不上完完全全没问题，不过这孩子几乎可以说没问题了。他不过是睡着了，而我不是法官，你知道的。我只是为你干活儿，也为了事业，为了共和国，为了这个那个的。我们美国以前有位总统叫林肯，知道吗，一个站岗的哨兵睡着了，本来要被枪毙的，林肯免了他的死罪，知道吗。所以我想，如果你不反对的话，我们也免了他的死罪如何？他来自林肯营，你瞧——那可是个响当当的好营队。那么好的营队，做出过那么多的事迹，我真要是现在说给你听的话，保准你听得心都要碎了。我要是在那个队伍里头，我肯定会感觉到一身正气，满腔自豪——而不是现在做这种事情时的这种感觉。可我不在那里头，明白吗？我只是一个二流的警察，装作是一个三流的记者——可你听好了，阿尔玛同志——

［转向囚犯］

下次你为我干活儿的时候要是再敢睡着，我一定亲手毙了你，

[1] 乔·诺斯（Joe North），美国左翼作家，西班牙内战期间曾奔赴前线报道。

明白吗？你听清了吗？然后我会亲自给阿尔玛写信。

安东尼奥：［按铃。两名突击近卫军走了进来］把他带走。你的话说得云里雾里，菲利普。不过你有一定的信用可以挥霍。

第一位同志：谢谢你，政委同志。

菲利普：噢，战争中不要说谢谢。这是一场战争。打仗的时候不说谢谢你。不过，别客气，明白吗？你给阿尔玛写信的时候告诉她，她给你带来了大大的好运。

［第一位同志被突击近卫军带走了］

安东尼奥：好吧，下面说点别的。这个男人从107房逃脱，又打死了那个小伙儿，把他误当成了你——这个男人是谁？

菲利普：噢，我不知道。圣诞老人吧，我猜的。他有一个编号。他们有A1到A10，B1到B10，C1到C10。他们杀人，炸东西搞破坏，做一切你已经再熟悉不过的事情。他们干得很卖力，效率算不上非常高。可他们杀了许多他们不该杀的人。麻烦在于，他们学了原来古巴ABC团[①]的那套体系，组织得很严密，除非你能抓到城外跟他们联络的某个人，否则你完全弄不明白这些编号是什么意思。这就像是在挤疖子，而不是在听弗莱什曼酵母广播秀[②]。要是我在不知所云，你得纠正我，你懂的。

安东尼奥：那你为什么不带上足够的人手把他拿下呢？

---

① 古巴ABC团，创立于1931年的一个古巴反政府组织，从事暗杀与破坏活动。该组织采用一套金字塔式的秘密小组架构，防止被敌人轻易渗透破坏。小组的层级按字母顺序排列，从A开始，A为最高层；小组内的成员用数字从1开始编号。每一个小组成员都会领导下一层级的一个小组，每个人都只知道自己的上级和自己所领导的小组。举例来说，A3就是A小组中的第3名成员，B25就是A2领导下的小组中第5名成员。

② 流行于美国三十年代的一档广播音乐综艺节目，由“弗莱什曼酵母”赞助播出。在节目中，主持人会介绍众多嘉宾一一登台献艺。此处应是暗指由于破坏分子采取了秘密组织形式，每逮捕一人并不能带来一连串的破坏分子落网。

菲利普：因为我不敢弄出太大动静来，把其他我们更想抓的人给吓跑了。这人只是个杀手。

安东尼奥：是的。一座100万人的镇子里还藏着许许多多的法西斯分子，而他们就在城内活动。至少是那些还有胆量的人。我们这里一定有2万名活跃的法西斯分子。

菲利普：不止。这个数字得翻一番。不过就算你抓住了他们，他们也不开口。除了那些政客。

安东尼奥：政客。是的，政客。我见过一个政客瘫在屋子的那个角落里，时候到了，他却赖在地上站不起来。我见过一个政客双膝跪地爬过屋子，抱住我的大腿，亲吻我的脚背。我看着他嘴角的口水滴在我的靴子上，而他其实只需要做一件很简单的事，那就是死。我见过许多人死。但我从来没有见过一个政客死得堂堂正正。

菲利普：我不喜欢看着他们死。要是你喜欢，那也没关系，我想。但我不喜欢。有时候我不知道你怎么受得了。听着，谁能死得堂堂正正？

安东尼奥：你知道的。别天真了。

菲利普：是的。我想我知道。

安东尼奥：我就能死得像模像样。我不会叫任何人去做一件不可能做到的事。

菲利普：你是个专家。我说，东尼啊，谁能死得堂堂正正？说呀，快说。说。说说你的营生，对你有好处。说出来，你懂的。然后呢，你懂的，忘了它。很简单，对不？跟我说说运动刚开始时的情形。

安东尼奥：［相当自豪］你真想听？你是说，具体的人？

菲利普：不。我知道具体的某几个人的情况。我想听你分门别类地说一说。

安东尼奥：法西斯，真正的法西斯分子，那些年轻人；死得很像样。有时候甚至很有范儿。他们误入歧途了，但他们很有范儿。士兵——是的，大部分士兵也死得不错。牧师，我这辈子都在和他们斗争。教会反对我们。我们也反对教会。我做了许多年的社会主义者了。我们是西班牙最早的革命党。可要说到死——

[他摇摇手，手腕飞快地翻了三下——那是西班牙人表达由衷钦佩的手势]

说到死？教士？棒极了。你知道的，普通的教士。我不是说主教。

菲利普：我说，安东尼奥。偶尔肯定也有弄错的时候，对吗？也许是在你们时间特别紧张的情况下。或者，你知道的，有时候就是错了，我们所有人都会犯错。我昨天就犯了个小错。告诉我，安东尼奥，有没有弄错的时候？

安东尼奥：噢，是的。肯定有。弄错了。噢，是的，弄错了。是的。是的。非常遗憾的错误。很少的几个。

菲利普：弄错的那些人是怎么死的？

安东尼奥：[非常自豪]他们全都死得堂堂正正。

菲利普：啊——

[那是拳击手被一记重拳打中身体时发出的声音]

还有我们现在入了的这行营生。你知道的，他们给这取了个什么傻名字来着？反间谍。干这行从来没有让你心神不宁吗？

安东尼奥：[很干脆]没有。

菲利普：我已经心神不宁了很长一阵子了。

安东尼奥：可你刚刚干了没多久啊。

菲利普：12个月了，该死的，伙计，只是在这里。在此之前，还有古巴。去过古巴吗?

安东尼奥:去过。

菲利普:我就是在那里给卷入这一切的。

安东尼奥:你是怎么卷进来的?

菲利普:哦,人们开始信任我了,可他们本不该这样的。我想,正是因为他们本不该这样的,我开始变得,你懂的,像是值得信任了。你懂的,不是特别值得,只是有限度的值得信任。然后他们更信任你一点了,你也干得不赖。接下来,你懂的,你开始信仰它了。最后,我想,你开始喜欢上它了。我有一种我解释不清的情感。

安东尼奥:你是个好小伙子。你干得很棒。每个人都非常信任你。

菲利普:太信任了。再说,我也累了,而且我现在提心吊胆的。你知道我想要怎么样吗?我想要再也不用多杀一个狗娘养的了,我不在乎那是谁,是为了什么,只要我活着就行。我想要再也不用撒谎了。我想要连续一个礼拜,每天早上在同一个地方醒来。我想要娶一个你不认识的姑娘,她叫布里奇斯。但我说这个名字你也不用在意,因为我就是喜欢说。我想要娶她,因为她有一双全世界最长、最溜、最直的大腿,如果她有时候在不知所云,我可以不去听她。但我想要看看我们的孩子会是什么模样。

安东尼奥:就是和那个记者在一起的高个金发妞儿?

菲利普:别这么说她。她不是随随便便跟哪个记者在一起的高个金发妞儿。她是我的妞儿。要是我话太多了,或是占用了你宝贵的时间——嘿,叫我打住就行。你知道,我是一个非常不同寻常的家伙。我可以说英语,也可以说美语。说着一种语言长大,说着另一种语言成人。我就是靠这个谋生的。

安东尼奥:[抚慰他道]我知道。你累了,菲利普。

菲利普：嘿，现在我开始说美语了。布里奇斯也是一样。只是我不太确定她会不会说美语。你瞧，她是在大学里学的英语，跟那些要么穷要么酸的爵爷学的。但你知道最滑稽的是什么吗——你瞧，我就是喜欢听她说话。我不在乎她说什么。现在我很放松，瞧见没。吃过早饭以后我就滴酒未沾了，可我醉得却比喝了酒的时候还要厉害得多，这不是个好兆头。你不介意你的一名手下放松一会儿吧，我的上校？

安东尼奥：你该上床休息了。你累坏了，菲利普。你还有很多工作要做。

菲利普：没错。我累坏了，我还有很多工作要做。我正等着在齐科特见一位同志。他叫麦克斯。我有——我没有夸张——许许多多工作要做。麦克斯——我相信你认识——为了显示他是多么的鹤立鸡群，名字后面不加姓，而我的姓还是罗林斯，跟我生下来的时候一模一样。凭这一点你就能看出，我干这一行还没能干出名堂。我刚刚在说什么？

安东尼奥：麦克斯。

菲利普：麦克斯。没错。麦克斯。哦，他现在已经迟到一天了。他一直在法西斯的防线后方游走——为避免歧义，还是说周旋吧。这是他的专长。他说——他从不说谎，我说谎，但不是现在。总之——我很累，瞧见没，我对我的工作厌烦透了，而且我紧张得不得了，因为我很担心，而要让我担心不是件容易事。

安东尼奥：继续。别喜怒无常的。

菲利普：他说——这是麦克斯在说，他此刻身在何处，我真希望老天能告诉我——他找到了一个地方，一个观察所，你知道的。看着炮弹落下，告诉他们瞄错了。观察所之一。唔，他说炮击这座镇子的攻城炮指挥官——一个德国人——就来了那个观察所，还有一个政客——你知道，一个老古董——他也来了。麦克斯想——我想他就是个疯子，可他想得更清楚——我想得更快，可他想得更清楚——他想，我们可以逮住这两位公民。现在，仔细听好了，我的上校，一有问题立刻纠正我。我想这听上去很浪漫。可麦克斯说——他是德国人，很实际的，他去敌后转一圈就像你刮个胡子那么轻松——或者我们换种说法？——总之，他说，这么做是非常实际的。所以我想——我现在有点醉了，因为太长时间滴酒未进了——我想我们应该暂停手头的其他项目，暂时性的，替你先把这两位给逮住。我猜这个德国人对你没有太多实际的用处，可他确实有很高的交换价值，而麦克斯也，某种程度上，喜欢这个计划。就算是民族情感吧，要我说。不过，要是我们抓住了这另一位公民，你就有料了，我的上校。因为他非常、非常棒。我是说棒极了。他，你瞧，是城外的人。可他知道谁在城里面。然后，只要让他放声高歌，你就能知道谁在城里面了。因为他们都要跟他联络。我的话太多了，是不是？

安东尼奥：菲利普。

菲利普：是的，我的上校。

安东尼奥：菲利普，现在，去齐科特酒吧，像个好孩子那样好好醉一场，干好你的活儿，一有消息就过来找我，或者打电话。

菲利普：我该说哪种话，我的上校，美语还是英语？

安东尼奥：随你便。只要别说傻话。快去吧，拜托，因为我们是好朋友，我非常喜欢你，可我真的很忙。听着：那个观察所的事情当真？

菲利普：当真。

安东尼奥：天啊。

菲利普：不过很异想天开。非常，非常异想天开，我的上校。

安东尼奥：去吧，拜托了，快点着手。

菲利普：我说英语说美语都可以？

安东尼奥：扯什么呢？快去。

菲利普：那我就说英语吧。耶稣基督啊，一说英语我扯起谎来是这么容易，简直可鄙。

安东尼奥：**去。去。去。去。去。**

菲利普：是，我的上校。多谢您和我这场颇具启发意义的谈话。我这就去齐科特。*Salud*，我的上校。

[他敬了个礼，看了看手表，出去了]

安东尼奥：[坐在桌后，看着他出去，然后按了铃。两名突击近卫军进来了。两人敬礼]现在，把你们刚才带出去的那个人再给我带回来。我想一个人再和他稍微聊两句。

落幕

第二幕·第二场

齐科特酒吧角落里的一张桌子。那是你进门右手边的第一张桌子。门窗四分之三的高度都被垒起的沙袋封住了。菲利普和阿妮塔一起坐在桌边。一个侍者走了过来。

菲利普：还有桶装威士忌吗?

侍者：没有真的了，除了杜松子酒。

菲利普：好酒吗?

侍者：布斯黄杜松子酒。上好的酒。

菲利普：加苦味剂。

阿妮塔：你不爱了?

菲利普：不爱了。

阿妮塔：你跟那个大金发妞儿在一起是个大错。

菲利普：什么大金发妞儿?

阿妮塔：那个大大的金发妞儿。高得像座塔。大得像匹马。

菲利普：金黄得像一片麦田。

阿妮塔：你犯了个大错。大女人。大错误。

菲利普：你为什么觉得她那么大?

阿妮塔：大? 大得像辆坦克。你等着，等她怀上了孩子。一辆斯图贝克大卡车。

菲利普：那个词真美妙——斯图贝克，从你嘴里说出来。

阿妮塔：是的。我认识的英文词里，我最喜欢它。斯图贝克。很美。你为什么不爱了?

菲利普:我不知道,阿妮塔。你懂的。世事无常。

[他看了看手表]

阿妮塔:你用喜欢也行。一样的。

菲利普:我知道。

阿妮塔:你以前喜欢。你会再喜欢的。你只要尝试。

菲利普:我知道。

阿妮塔:有了一样好东西,你不会想要它消失。大女人是大麻烦。我知道。我早就见识了。

菲利普:你是个好姑娘,阿妮塔。

阿妮塔:是因为我那回咬了弗农先生,他们都批评我?

菲利普:不。当然不是。

阿妮塔:我告诉你,我非常不想那么做。

菲利普:哦,这一点没人记得了。

阿妮塔:你知道为什么我咬他吗?人人都知道我咬了,可没人问问为什么。

菲利普:为什么?

阿妮塔:他想要从我的长统袜里面拿走三百比塞塔[①]。我该怎么做?说“行,拿吧。没问题。请自便”?不,我咬。

菲利普:咬得好。

阿妮塔:你这么想?真的?

菲利普:真的。

阿妮塔:哦,你是好甜心。听着,你不想在那个大金发妞身上犯错。

菲利普:知道吗,阿妮塔——恐怕我想。恐怕这就是整件事情的麻

---

① 西班牙货币单位。

烦所在。我想要犯一个异常巨大的错误。

［他叫来侍者，看着手表。面向侍者］

你们这边几点了？

侍者：［望向吧台上方的钟，又看了看菲利普的手表］

和你的一样。

阿妮塔：巨大，没错。

菲利普：你嫉妒了？

阿妮塔：不。我只是恨。昨晚我想要去喜欢的。我说没问题，大家都是同志。来了一场大炮击。也许大家都会死。大家都应该做彼此的同志。冰释前嫌。不要自私。不要自我中心。爱敌人如同爱自己。全是那些胡话。

菲利普：你真棒。

阿妮塔：那种东西过不了夜的。今天早上我醒了，我做的第一件事就是恨那个女人，恨了一整天。

菲利普：你不能这样，你懂的。

阿妮塔：她要找你干吗？她抢走一个男人就像你采下一朵花。她不要。她只是采来放在房间里。她喜欢你只是因为你也很大。听着。如果你是个侏儒，我也喜欢你。

菲利普：不，阿妮塔。不。说话当心。

阿妮塔：听好了。如果你病了，我喜欢你。如果你又干又丑，我喜欢你。如果你驼背，我喜欢你。

菲利普：驼背走好运。

阿妮塔：如果你是不走运的驼背，我也喜欢你。如果你没钱，我喜欢你。你要钱？我来挣。

菲利普：我干这份工作唯一没有尝试过的事情恐怕就是挣钱了。

阿妮塔：我不开玩笑。我认真的。菲利普，你离开她。你回你知道没问题的地方来。

菲利普：恐怕我做不到，阿妮塔。

阿妮塔：你只要尝试。什么都没变。你以前喜欢，你会再喜欢的。只要一个男人还是男人，这就永远行得通。

菲利普：可你瞧，我变了。不是我想变的。

阿妮塔：你没变。我知道你是好人。我已经知道你很久了。你不是那种会变的人。

菲利普：所有的男人都会变。

阿妮塔：这不是真的。你烦了，是的。你想走，是的。你东奔西跑，是的。你生气了，是的，是的。你对我坏，是的，很坏。你变了？不。你只是开始了新习惯。只是个习惯。一开始你跟谁都一样。

菲利普：我明白了。是的，没错。可你瞧，当你碰见了一个和你同种的人时，你的心思就全乱了。

阿妮塔：她不是和你同种的人。她不像你。她是另一个种的人。

菲利普：不，是一样的人。

阿妮塔：听着，那个大金发妞儿已经让你发疯了。刚开始你没法好好思考。她和你不一样，就像血和油漆不一样。看上去一样。装一罐血。装一罐油漆。没问题。把油漆倒进身体里，代替血。你得到了什么？美国女人。

菲利普：你对她不公平，阿妮塔。没错，她懒惰，娇生惯养，脑子挺笨，还极度追名逐利。可她依然很美，很友善，很迷人，很清白——而且很勇敢。

阿妮塔：好吧。美？等你完事了，你还要美做什么？我了解你。友善？她可以友善，也就可以不友善。迷人？是的。迷人得就像毒蛇迷兔子。清白？你惹我笑。哈——哈——哈。所有人在被定罪前都是清白的。勇敢？勇敢？你又惹我笑了，如果我肚子里还有气儿笑的话。勇敢？好吧，我笑。霍——霍——霍。这场战争从头到尾你都在干什么呢？分不清无知和勇敢？勇敢？放狗——

［她蹭地从桌子后面站起身来，拍了一下屁股］

就这样。我走了。

菲利普：你对她真够苛刻的。

阿妮塔：我对她苛刻？我真想往她睡的那张床上扔一颗手榴弹，就是现在。我告诉你实话。昨晚我试过了所有那些鬼话。那些牺牲。那些放弃。你知道的。现在我有了一种很好、很健康的感情。我恨。

［她走了］

菲利普：［面向侍者］你有没有见到一个国际纵队的同志来这里找我？一个叫麦克斯的？脸上这块儿有点毁容的一个同志。

［他的手抚过整张嘴和下巴］

一个缺了门牙的同志，嘴里被他们用通红的烙铁烫过，牙龈有点发黑，这里还有一道疤——

［他用手指划过下颌角］

你有没有见过这样一个同志？

侍者：他没来过这儿。

菲利普：如果这样一位同志来了，你能不能请他来酒店一趟？

侍者：哪个酒店？

菲利普：他知道哪个酒店。

［起身朝门外走去，又回过头来］

告诉他我出去找他了。

落幕

第二幕·第三场

场景同第一幕第三场。佛罗里达酒店相邻的两间客房——109和110。屋外一片漆黑，窗帘拉着。110房里没人，同样一片漆黑。109房里，桌上的台灯，天花板上的大灯，还有固定在床头的另一盏台灯把整个房间照得通亮。电暖器和电炉都开着。多萝西·布里奇斯穿着一件高翻领毛衣，一条花呢短裙，一双羊毛长统袜和一双短马靴，手拿长柄炖锅，正在电热炉上做着什么。远处的一声炮响透过拉着窗帘的窗户传了进来。多萝西拉了拉电铃。没有声音。她又拉了一下铃。

多萝西：噢，那个该死的电工！

［她走到门前，拉开门］

佩特拉！噢，佩特拉！

［你听到女仆沿着楼道走来的脚步声。她穿门而入］

佩特拉：是，*Señorita*？

多萝西：那个电工在哪儿，佩特拉？

佩特拉：您还不知道吗？

多萝西：不知道。怎么啦？我要他过来修好这个铃！

佩特拉：他来不了了，*Señorita*，因为他死了。

多萝西：你说什么？

佩特拉：他中弹了，他在昨晚的炮击中出门了。

多萝西：他顶着炮击出门了？

佩特拉：是的，*Señorita*。他喝了点酒，然后出门想回家。

多萝西：那个可怜的小个子！

佩特拉：是的，*Señorita*。真可惜！

多萝西：他怎么中弹的，佩特拉？

佩特拉：有人从一扇窗户后面开枪打中了他，听他们说的。我不知道。这是他们跟我说的。

多萝西：谁会从一扇窗户后面开枪打他呢？

佩特拉：哦，他们总是在晚上炮击的时候从窗户后面开枪。那些第五纵队的人。那些在这座城内和我们作对的人。

多萝西：可他们为什么要打他呢？他只是一个可怜的小工人。

佩特拉：他们能从他身上的衣服看出他是一个劳动者。

多萝西：当然咯，佩特拉。

佩特拉：那就是为什么他们要打他。他们是我们的敌人。甚至也是我的。如果我被杀了，他们也会高兴的。他们会认为，这样城里就又少了一个工人。

多萝西：可这太糟糕了！

佩特拉：是的，*Señorita*。

多萝西：可这简直可怕。你是说，他们会朝着那些他们甚至不知道是谁的人开枪？

佩特拉：噢，是的。他们是我们的敌人。

多萝西：他们是可怕的人！

佩特拉：是的，*Señorita*！

多萝西：那我们上哪儿去找一个电工呢？

佩特拉：明天我们可以再找一个。可是现在他们应该都打烊了。也许您不该点这么多灯泡，*Señorita*，那样保险丝或许就不会熔断。灯光刚好够您看得见就可以了。

［多萝西关掉了几乎所有的灯，只留了床头的那盏台灯］

多萝西：现在我甚至看不见我要烧的这团糊糊了。不过我想，这样更好。罐头上没有说你能不能加热这东西。也许结果会很吓人的！

佩特拉：您在烧什么，*Señorita*？

多萝西：我不知道，佩特拉。上面没有标签。

佩特拉：［朝锅里瞥了一眼］看上去像是兔肉。

多萝西：看上去像兔肉的是猫肉。可我想他们应该不会费那么大劲，就为了把猫肉装进罐头，再一路从巴黎运过来吧，你说呢？当然了，也许他们是在巴塞罗那装的罐头，再把它运到巴黎，再从巴黎空运到了这里。你觉得这是猫肉吗，佩特拉？

佩特拉：如果是在巴塞罗那装的，你真不知道那会是什么！

多萝西：噢，这东西都让我恶心了。你来烧吧，佩特拉！

佩特拉：是，*Señorita*。我该往里面放什么？

多萝西：［拿起一本书，走到台灯下，摊开手脚往床上一躺］放什么都行。随便打开一罐什么东西。

佩特拉：这是为菲利普先生准备的？

多萝西：如果他来的话。

佩特拉：菲利普先生可不会喜欢随便什么东西的。为菲利普先生备餐，要放什么最好考虑清楚。有一回他把早餐盘一股脑扔在了地上。

多萝西：为什么，佩特拉？

佩特拉：是因为他在报纸上读到的什么东西。

多萝西：也许是伊登[①]。他恨伊登。

---

① 应指安东尼·伊登（1897—1977），英国保守党政治家，时任英国外交大臣，支持英国在西班牙内战中采取不干涉政策。

佩特拉：可这么做依然太粗暴了。我告诉他，他没有权利这么做。No hay derecho[①]，我告诉他。

多萝西：然后他怎么做的？

佩特拉：他帮我把东西全捡了起来，然后在我弯腰的时候他拍了一把我这里。*Señorita*，我不喜欢在隔壁房间里看见他。他的修养跟你不能比。

多萝西：我爱他，佩特拉。

佩特拉：*Señorita*！请不要这么做。你没有像我这样，为他收拾了七个月的房间，铺了七个月的床。*Señorita*，他很坏。我不敢说他不是个好男人。但他很坏。

多萝西：你是说他很邪恶？

佩特拉：不。不是邪恶。邪恶的人很脏。他非常干净。他一直洗澡，甚至洗冷水澡。即使在最冷的天气里，他也会洗脚。可是，*Señorita*。他不好。他不会让你快乐的。

多萝西：可是，佩特拉，从没有一个人像他这样让我快乐过。

佩特拉：*Señorita*，这算不了什么。

多萝西：你什么意思——这算不了什么？

佩特拉：这里的每个人都可以做到这一点！

多萝西：你们西班牙人都是一群吹牛大王。我又得从头听一遍"西班牙征服者"如何好生了得吗？

佩特拉：我只是想说，他身上有一种"坏"。一个好男人也会有，也许吧，是的——我嫁的那个真正的好男人就有。可所有的坏男人都有这种坏。

多萝西：你是说，你听到他们在吹嘘这件事？

---

① 西班牙语，没有权利。

佩特拉：不，*Señorita*。

多萝西：[聚精会神地]你是说，他们真的……

佩特拉：[哀伤地]是，*Señorita*。

多萝西：我一个字都不信。你觉得菲利普先生真的是一个坏男人？

佩特拉：[一脸真诚]坏得吓人！

多萝西：噢，不知道他这会儿在哪里？

[楼道里传来皮靴踏过的沉闷脚步声。菲利普和三个身穿国际纵队制服的同志走进110房，菲利普打开电灯。菲利普光着头，衣服湿了，看上去蓬头垢面的。其中一位同志正是麦克斯，那个被毁过容的人。他满身都是泥巴。几个人进了房间，麦克斯反坐在桌前的一把椅子上，面朝椅子后方，双手和下巴支在椅背上。他有一张令人诧异的脸。旁边一位同志肩上背着一支短管自动步枪。另一位同志的大腿上绑着一个木枪套，枪套里面插着一把长管毛瑟帕拉贝伦手枪]

菲利普：我要你们封锁住这两个房间，不许楼道的人过来。任何人想见我，你带他们进来。你们下面有多少个同志？

背步枪的同志：二十五个。

菲利普：这里是108房和110房的钥匙，拿去。

[他给了两个同志一人一把]

打开门，就站在门里面，方便你们看着楼道。不，最好拿把椅子，坐在门里面，这样好观察。好了。去吧……同志们！

[两人敬了个礼，出去了。菲利普走到那位毁容的同志身边。他伸出一只手，按在那位同志的肩头。观众有几秒钟的时间看清麦克斯睡着了，但菲利普不知道]

菲利普：麦克斯。

[麦克斯醒了过来，看着菲利普，露出了微笑]

磨掉了一层皮吧，麦克斯？

［麦克斯看着他，又给了他一个微笑，然后摇摇头］

麦克斯：没大碍。

菲利普：他什么时候来？

麦克斯：在发动大炮击的夜里。

菲利普：来哪里？

麦克斯：埃斯特雷马杜拉路尽头一栋房子的屋顶上。那里有一座小塔楼。

菲利普：我还以为他要来加拉比塔斯山呢。

麦克斯：我原先也这么以为。

菲利普：下一场大炮击是什么时候？

麦克斯：今晚。

菲利普：几点？

麦克斯：十二点一刻。

菲利普：你确定？

麦克斯：你应该去看看他们的炮弹。全都铺在地上。他们的那些士兵也都够马虎的。要不是因为我这张脸，我都可以留在那里操一门炮。说不定他们还会把我收进参谋部呢。

菲利普：你在哪里换的制服？我到外面的几个地方去找过你了。

麦克斯：在卡拉班切尔的一栋房子里。那一片有一百栋没有人的房子可以随便挑。一百零四栋，我想。在我们的阵线和他们的阵线之间。一旦到了那边，一切都顺利了。那些士兵都很年轻。只要别让哪个军官看到我的脸就行。军官会知道这样的脸是从哪里出来的。

菲利普：现在怎么办？

麦克斯：我想我们今晚就出发。干吗要等呢？

菲利普：路上怎么样？

麦克斯：全是烂泥。

菲利普：你需要多少人？

麦克斯：只要你和我。还有任何你想派给我的人。

菲利普：我。

麦克斯：很好！现在，我们先洗一个澡怎么样？

菲利普：好啊！你去吧。

麦克斯：我还得睡一小会儿。

菲利普：我们几点动身？

麦克斯：九点半。

菲利普：那你睡会儿吧。

麦克斯：你到点叫我？

[他走进浴室。菲利普出了房间，关上门，敲了敲 109 的房门]

多萝西：[在床上喊]进来！

菲利普：哈罗，亲爱的。

多萝西：哈罗。

菲利普：你在烧饭？

多萝西：刚才在烧，但我没兴趣了。你饿吗？

菲利普：饿晕了。

多萝西：东西在那边的锅里。打开电炉热一热。

菲利普：你怎么啦，布里奇斯？

多萝西：你上哪儿去了？

菲利普：就在城里晃啊。

多萝西：晃什么？

菲利普：就晃晃呗。

多萝西：你把我一个人丢在这里一整天。从那个可怜人今天早上被黑枪打死到现在，你就把我一个人丢在这里。我在这里等了整整一天了。这一整天除了普雷斯顿，没有一个人过来看我，而他实在是让人讨厌，我只能把他打发走了。你上哪儿去了？

菲利普：就是到处晃晃。

多萝西：齐科特？

菲利普：是的。

多萝西：你又去见了那个可怕的摩尔人？

菲利普：哦，是的，阿妮塔。她托我捎口信给你。

多萝西：她可怕得简直让我说不出口！她的口信你留着吧。

[菲利普用大勺把炖锅里的东西舀到盘子里，尝了一口]

菲利普：我说，这是什么？

多萝西：我不知道。

菲利普：我说，真不错啊。你自己烧的？

多萝西：[很害羞]是的。你喜欢吗？

菲利普：我还不知道你会烧饭呢。

多萝西：[很腼腆]真的吗，菲利普？

菲利普：我说，的确不错！可你怎么会想到要往里面放熏鲱鱼的呢？

多萝西：噢，该死的佩特拉！原来那就是她开的另一个罐头。

[有人敲门。来者是经理。他的一只胳膊被那个背自动步枪的同志牢牢抓着]

步枪同志：这位同志说，他想要见您。

菲利普：谢谢你，同志。让他进来。

[步枪同志放开经理，敬了个礼]

经理：一点事儿没有，菲利普先生。正从楼道经过，饥饿让人对气味过分敏锐，探查到了烹饪的香气，于是停下脚步——立刻被这位同志抓住。完全没事儿，菲利普先生。真的没事儿。您不用麻烦。*Buen provecho*[①]，菲利普先生。祝您胃口好，夫人。

菲利普：你来得正是时候。我有东西要给你。拿着。

［他把整锅菜连同盘子、叉子和大勺一齐递到他眼前，用两只手捧着］

经理：菲利普先生。不。我不能拿。

菲利普：集邮同志，你必须拿！

经理：不，菲利普先生。

［拿了］

我不能。您感动得我热泪盈眶。我怎么也不能啊。这太多了！

菲利普：同志，一个字都别说了！

经理：您让我的心在情感之中溶解了。菲利普先生，从我的心底里，我感谢您。

［他出去了，一手端着盘子，一手端着炖锅］

多萝西：菲利普，对不起。

菲利普：你要是不介意的话，我想来一点威士忌兑白开水。然后麻烦你开一罐咸牛肉，再切一只洋葱。

多萝西：可是，菲利普，亲爱的——我无法忍受洋葱的气味！

菲利普：今晚我俩应该不用为此烦恼了。

多萝西：你是说，你不打算在这里过夜？

菲利普：我得出去。

多萝西：为什么？

菲利普：跟小伙子们聚一聚。

多萝西：我知道那是什么意思。

---

① 西班牙语，祝您胃口好。

菲利普：你知道？

多萝西：是的。再清楚不过了。

菲利普：很讨厌，是吧？

多萝西：简直可恨！你就这么肆意浪费时间，你的生活真是既可恨又愚蠢！

菲利普：而我既如此年少又充满希望。

多萝西：你真是太烦人了，今晚我们本可以在一起共度一个美好的夜晚，就和昨晚一样，可你偏要出去。

菲利普：都是我这颗狂野的心。

多萝西：可是，菲利普，你可以留下的。你可以就在这里喝酒，想干什么都行。我会开开心心的，还会为你放唱片。我也能喝酒，哪怕事后会头疼。我们可以叫一大群人来，如果你喜欢一大群人的话。这里可以吵吵闹闹，满是烟味，你喜欢怎样就怎样。你不必出去的，菲利普！

菲利普：来我这儿，吻我！

[他一把搂住了她]

多萝西：还有，别吃洋葱，菲利普。你要是不吃洋葱，我会觉得更信任你。

菲利普：好吧。我不吃洋葱。你有番茄酱吗？

[有人敲门。又是那位步枪同志和经理]

步枪同志：这个同志又回来了！

菲利普：谢谢你，同志。让他进来。

[步枪同志敬了个礼，出去了]

经理：我来就是告诉您——没问题，我开得起玩笑，菲利普先生。我的幽默感没问题。

[面色哀伤]

可现在不适合开食物的玩笑。更不该糟蹋，是吧，如果您仔细想想的话。可没关系。我开得起玩笑。

菲利普：拿两罐这个吧。

［他从衣柜里拿了两罐咸牛肉给他］

多萝西：这是谁的牛肉？

菲利普：噢，我猜是你的牛肉。

经理：谢谢您，菲利普先生。那玩笑开得很好，是的。哈—哈。很昂贵，是的，也许吧。但谢谢您，菲利普先生。也谢谢您，小姐。

［他出去了］

菲利普：听着，布里奇斯。

［他用双臂环抱她］

要是我今晚特别古板，你别介意。

多萝西：亲爱的，我只要你留下。我想要咱俩有一点家庭生活。这里很好。我可以替你拾掇一下房间，把它布置得漂亮点。

菲利普：今天早上那里出了点乱子。

多萝西：我可以替你拾掇拾掇，那样你会喜欢住在里面的。你可以有一把舒适的椅子，一个书架，一盏明亮的台灯，再添几幅画。我可以把里面布置得漂漂亮亮。拜托，今晚就留下吧，看看你的房间可以有多漂亮。

菲利普：明晚吧。

多萝西：为什么不是今晚，亲爱的？

菲利普：哦，今晚又是一个躁动不安的夜晚，你感觉自己非要出去不可，非要四处买醉，呼朋引伴不可。再说啦，我有约了。

多萝西：几点？

菲利普：十二点一刻。

多萝西：那你约完再回来。

菲利普：好吧。

多萝西：几点都行。

菲利普：真的——？

多萝西：真的。拜托。

［他将她揽入怀中。他用手抚摸她的秀发，然后将她的头向后一扳，吻了上去。楼下传来喊声和歌声。随后你听到同志们齐声唱起了《游击队员之歌》。他们把歌从头唱到了尾］

多萝西：那是一首美妙的歌。

菲利普：你永远也不会知道这首歌究竟有多好。

［同志们又唱起了《红旗歌》］

菲利普：你听过这首吗？

［他这时挨着她坐在床上］

多萝西：是的。

菲利普：我所结识的那些最优秀的人，都为了这首歌而死。

［在隔壁房间里，你看到那位毁容的同志睡着了。两人交谈的时候，他已经洗完了澡，烘干了衣服，拍掉了衣裤上的泥巴，躺倒在床上。他熟睡着，灯光打在他的脸上］

多萝西：［挨着菲利普，坐在床上］菲利普，菲利普，拜托了，菲利普！

菲利普：你知道，我今晚不怎么想做爱。

多萝西：［一脸失望］没关系。好得很！可我只想要你留在这里。留下吧，过一点家庭生活。

菲利普：我得走了，你懂的。真的。

［楼下的同志们唱起了《共产国际歌》］

多萝西：他们总是在葬礼上放这首歌。

菲利普：不过他们在别的时候也唱它。

多萝西：菲利普，请别走！

菲利普：［双手拥抱她］再见。

多萝西：不。求你，求你，别走！

菲利普：［站起身来］听着，在你上床前，把两扇窗户都打开，好吗？如果午夜有炮弹落在附近，你可不希望又有玻璃震碎。

多萝西：别走，菲利普。请不要走！

菲利普：*Salud*，同志！

［他没有敬礼。他走进隔壁房间。楼下，同志们又唱起了《游击队员之歌》。菲利普在110房里，看着熟睡的麦克斯，然后走上前去，叫醒了他］

麦克斯！

［麦克斯立刻就醒了。他环顾四周，眨着眼睛适应眼前的灯光，然后露出微笑］

麦克斯：是时候了？

菲利普：是的。想喝一杯吗？

麦克斯：［起了床，一脸微笑，两只手摸索着摆在电暖器前烘干的靴子］

非常想。

［菲利普倒了两杯威士忌，伸手去拿水瓶］

别掺水糟蹋酒。

菲利普：*Salud*！①

麦克斯：*Salud*！

菲利普：我们走。

---

① Salud也有"干杯"之意。

落幕

［楼下的同志们唱着《国际歌》。随着帷幕落下，布里奇斯躺在109房的床上，双手抱住枕头，肩膀抽搐着——她在哭泣］

落幕

第二幕·第四场

场景同第三场，但时间是凌晨四点半。两个房间都一片漆黑，多萝西·布里奇斯躺在床上睡着了。麦克斯与菲利普沿着楼道走来，菲利普用钥匙打开了110的房门，开了灯。他俩彼此对视了一眼。麦克斯摇摇头。两人浑身上下满是泥巴，让人几乎认不出他们是谁了。

菲利普：哎，下次吧。

麦克斯：非常抱歉。

菲利普：这不是你的错。要先洗个澡吗？

麦克斯：[用两只胳膊支住脑袋]你去洗吧。我太累了。

[菲利普进了浴室。然后又出来了]

菲利普：没有热水。我们住在这个该死的死亡陷阱里的唯一理由就是要热水，现在连热水也没了！

麦克斯：[昏昏欲睡]我们失败了，我真难过。我非常确定他们会来的。可他们没有来。

菲利普：把你的衣服脱了，睡一会儿吧。你是个一等一，顶呱呱，棒得没话说的侦察官，你自己知道。没有人能做到你所做的一切……如果他们取消了炮击，那不是你的错。

麦克斯：[真的是完完全全，从里到外累瘫了]我太困了。我困得像是生病了。

菲利普：来吧，我来把你弄上床。

［他脱掉他的靴子，再帮他脱衣服。菲利普扑通一下把他推上床］

麦克斯：这床好。

［他用两只手抱住枕头，摊开双腿］

我脸朝下睡，免得早上吓着别人。

菲利普：［在浴室里喊］整张床都归你。我在别的房间过夜。

［菲利普走进浴室，你听到水流飞溅的声音。出来的时候他换上了睡衣裤和晨衣。他打开两间房中间的连通门，弯腰从海报下面钻了过来，走到床边，爬上床］

多萝西：［在黑暗中］亲爱的，很晚了吗？

菲利普：五点咯。

多萝西：［睡眼惺忪］你上哪儿去了？

菲利普：见人去了。

多萝西：［其实没有醒］你守约了吗？

菲利普：［翻了个身，滚到床的另一边，和她背靠背］那人没出现。

多萝西：［睡眼惺忪，但有事急着要告诉他］今晚没有炮击，亲爱的。

菲利普：很好！

多萝西：晚安，亲爱的。

菲利普：晚安！

［你听到很远的地方有挺机关枪在开火，突突突的枪声透过敞开的窗户传进来。两人静悄悄地躺在床上，然后我们听见了菲利普的声音］

布里奇斯，你睡着了吗？

多萝西：［其实没有醒］没有，亲爱的。我没有，如果——

菲利普：我要告诉你一件事。

多萝西：[昏昏欲睡]好的，我的宝贝。

菲利普：我要告诉你两件事。我活见鬼了；还有，我爱你。

多萝西：噢，可怜的菲利普。

菲利普：我活见鬼的时候，从不告诉任何人的；我也从不告诉任何人我爱她。可我爱你，明白不？你听到了吗？你能感觉到我吗？你听到我的话了吗？

多萝西：啊，我一直都爱你呀。你摸上去真可爱。就像是一阵暴风雪，可雪花既不冷，也不会融化。

菲利普：我白天的时候不爱你。白天的时候我什么都不爱。听着，我还想说点别的。你愿意嫁给我，愿意一直和我在一起，我去哪里你就去哪里，做我的姑娘吗？听到我的话了吗？我说了，对吧。

多萝西：亲爱的，我愿意嫁给你。

菲利普：好。我夜里总说些奇奇怪怪的东西，是不是？

多萝西：我想要咱俩结婚以后努力工作，过上好日子。你知道，我并不像我说出来的话那么傻，不然我就不会来这儿了。你不在的时候，我也会工作——只是因为我不会烧饭。在正常的情况下，你可以雇人烧饭。噢，你呵。我爱你的宽肩膀，你那大猩猩般的步态，还有你那张有趣的脸。

菲利普：等我料理完了这桩工作，这张脸还会有趣得多呢。

多萝西：那些活鬼走开了吗，亲爱的？你想跟我说说它们吗？

菲利普：噢，别提它们了。它们纠缠了我这么久了，要是哪天它们真走了，我一定会想念它们的。让我再跟你说一件事。

[他一字一顿地说道]

我想要娶你，然后远走高飞，抛开这所有的一切。我说了刚才那句话吗？你听到我说了吗？

多萝西：是的，亲爱的，我们会的。

菲利普：不，我们不会的。哪怕是在夜里，躺在床上，我也知道我们不会的。可我喜欢说这句话。噢，我爱你。该死的，该死的，我爱你。你有着全世界最最可爱的身体。还有，我慕恋着你。你听到我那么说了吗?

多萝西：是的，我的甜心，可我的身体不像你说的那样。这只是一副还不错的身体。跟我说说那些活鬼吧，你说出来它们说不定就走开了。

菲利普：不行。每个人都有自己的鬼，你不想把它们传给别人。

多萝西：我们还要再继续睡吗，我可爱的大个子？我的老暴风雪?

菲利普：天差不多快亮了，我又清醒了。

多萝西：求你再睡一会儿吧。

菲利普：听着，布里奇斯，我还有别的话要说。天就要亮了。

多萝西：[用她充满感染力的嗓音]说吧，亲爱的。

菲利普：如果你想要我入睡，布里奇斯，拿把榔头敲我的脑袋就好。

落幕

第二幕终

第三幕·第一场

时间：五天后的下午。地点依然是佛罗里达酒店的109房与110房。

场景同第二幕第三场，只是两间房当中的那扇门开着。菲利普的房间里，那张海报的下面一截掀开了，床头柜上摆着一只花瓶，里面插满了菊花。床的右边，靠墙摆着一只书柜，椅子上都罩着印花棉布。窗户上拉着窗帘，是同样的印花棉布材质，白色的床罩上面也盖着花布。所有的衣服都整整齐齐地挂在衣架上，菲利普的三双靴子全都刷过一遍，擦得锃亮，佩特拉正把它们收进壁橱。多萝西在隔壁的109房里，对着镜子试一件银狐皮披肩。

多萝西：佩特拉，拜托，过来一下！

佩特拉：[收好靴子，直起她那苍老的小身板]是，*Señorita*！

[佩特拉绕了一圈，从正门走进109房，推开门前先敲门]

佩特拉：[双手紧握在一起]噢，*Señorita*，美极了！

多萝西：[回头瞥着镜子]这披肩不对劲，佩特拉。我不知道他们干了什么，可它就是不对劲！

佩特拉：它看上去很迷人，*Señorita*！

多萝西：不，领子最上面的什么地方有问题。我的西班牙语不够好，没法跟那个傻瓜裁缝解释清楚。他真是个傻瓜。

[你听到有人顺着楼道走来。来者正是菲利普。他打开110的房门，环顾四周。他脱下皮大衣，往床上一扔，接着嗖的一声把贝

雷帽抛向角落里的衣架。帽子落在了地上。他坐在一张罩着印花布的椅子上，脱掉靴子。他任由靴子立在地板中央，滴着水，然后走到床边。他捡起床上的大衣，又往椅子上扔。大衣懒洋洋地摊开在椅子上。他躺上床，从床罩下面拽出几只枕头，堆在脑袋下面，打开阅读灯。他伸手朝床下面摸去，推开了床头柜的双开门，拿出一瓶威士忌，给自己倒了一玻璃杯酒——那只杯子之前杯口朝下，一丝不苟地扣在水瓶的瓶盖上——接着又往里面兑了点水。他左手拿着杯子，右手伸向头顶的书架，取下一本书。他往后一靠，安静地躺了片刻，然后耸着肩膀，别扭地扭来扭去。最后，他从皮带下面掏出一把手枪，搁在身边的床罩上面。他提起膝盖，啜了第一口酒，开始读书]

多萝西：[在隔壁喊]菲利普，菲利普，亲爱的!

菲利普：我在。

多萝西：来我这里，拜托。

菲利普：不行，亲爱的。

多萝西：我想给你看样东西。

菲利普：[读着书]拿到我这里来吧。

多萝西：好吧，亲爱的。

[她最后看了一眼镜中的披肩。披上披肩的她美艳动人，领口一点瑕疵都没有。她异常骄傲地穿门而入，肩上的狐皮随着她的身体一起转了一圈，姿态雍容华贵得就像一个模特]

菲利普：你从哪儿弄来的?

多萝西：我买的，亲爱的。

菲利普：拿什么买的?

多萝西：比塞塔。

菲利普：[冷冷地]很漂亮。

多萝西：你不喜欢？

菲利普：［依然盯着披肩］很漂亮。

多萝西：怎么啦，菲利普？

菲利普：没什么。

多萝西：难道你不想让我有一件好看的衣裳吗？

菲利普：那绝对是你自己的事。

多萝西：可是，亲爱的，狐皮真的很便宜。一张狐皮只要 1 200 比塞塔。

菲利普：那相当于一名国际纵队士兵 120 天的军饷了。我们算算看。120 天就是 4 个月。我好像还不认识有谁在纵队里待了 4 个月能不挨子弹——也不送命的。

多萝西：可是，菲利普，这跟纵队一点关系都没有。我在巴黎用美元买的比塞塔，一比五十。

菲利普：［冷冷地］真的？

多萝西：真的，亲爱的。如果我想要狐皮，为什么我不应该买呢？总得有人买啊。它就摆在那里卖的，算下来一张狐皮还不到 22 美元呢。

菲利普：真妙啊，不是吗？这披肩是多少张狐皮做的？

多萝西：大概 12 张吧。噢，菲利普，别生气。

菲利普：你可真会发战争财啊，是不是？你是怎么把你手里的比塞塔偷带进来的？

多萝西：藏在一罐妈姆[①]里。

菲利普：妈姆——噢，没错，妈姆。妈姆妈姆——秘密秘密[②]。你的

---

① Mum，世界上第一种商用除体味剂。

② Mum's the word，一句英文俗语，意为“保守秘密”。这也是妈姆品牌名的由来。

妈姆有没有把这些脏钱的臭味去干净啊?

多萝西:菲利普,你道德观念强烈得吓人!

菲利普:我猜我在经济方面确实道德得吓人。我想,除了妈姆,还有另一样女士们的最爱——阿莫林[①],对吧?——也去除不了这些黑市比塞塔的铜臭。

多萝西:你要是想为了这件事闹别扭,那我就走了。

菲利普:好啊!

[多萝西起身朝门外走去,但到了门口她却带着恳求的姿态转过身来]

多萝西:别闹别扭了。讲点道理嘛,你应该为我有这么一条漂亮的披肩而高兴呀。你知道你刚才进屋的时候,我在做什么吗?我在想,要是我俩在巴黎,就在一天的这个时辰,我俩可以做什么呢。

菲利普:巴黎?

多萝西:天就要黑了,我会在里兹酒吧和你碰面,就披着这条披肩。我坐在那里,等着你。你来了,穿着一件双排扣的近卫军大衣,非常修身,戴着一顶圆礼帽,还拄着一根手杖。

菲利普:你在看那本美国杂志——《时尚先生》。你不该读那上面的文字的,知道吗。你只该看里面的照片。

多萝西:你点了一杯威士忌加巴黎水,我点了一杯香槟鸡尾酒。

菲利普:我不喜欢。

多萝西:不喜欢什么?

菲利普:你的故事。你要是非做白日梦不可,请把我排除在外,好吗?

---

① Amolin,一种女士专用除体味剂,可以掩盖经期的体味。

多萝西：这只是玩游戏，亲爱的。

菲利普：哦，我已经不玩了。

多萝西：可你玩了，亲爱的。我们之前玩得多开心啊。

菲利普：那就算我现在退出吧。

多萝西：可我们难道不是朋友吗？

菲利普：噢，是的，你在一场战争中交了各种各样的朋友。

多萝西：亲爱的，拜托，够了！难道我俩不是恋人吗？

菲利普：噢，那个呀？噢，当然。当然是。是又何妨呢？

多萝西：可难道我俩不打算将来生活在一起，甜甜蜜蜜，幸福快乐吗？你老是在晚上这么说的。

菲利普：不。再等十万年也没门。永远别信我晚上说的话。我晚上撒起谎来眼皮都不眨一下。

多萝西：可为什么我们不能过你晚上许诺的那种日子呢？

菲利普：因为我正在做的事情不允许我和一个人将来生活在一起，甜甜蜜蜜，幸福快乐。

多萝西：为什么？

菲利普：因为：第一，我发现你太忙了；第二，那件事和许许多多别的事情相比，似乎不那么重要。

多萝西：可你从来就不忙！

菲利普：[他察觉到自己说得太多了，可依然继续往下说]没错。也许等到这一切都结束了，我可以修一门自律课，改掉我染上的这些无政府主义的坏毛病。也许他们会把我派回前线，去和工兵们一起奋战，或是别的什么类似的差事。

多萝西：我不明白。

菲利普：正因为你不明白，而且永远也不会明白，所以我们不能生活在一起，甜甜蜜蜜，幸福快乐，等等等等。

多萝西：噢，这真是比骷髅会[1]还糟糕。

菲利普：天啊，什么是骷髅会？

多萝西：就是一个秘密会社，我一度险些昏了头要嫁的一个男人就入了那个会。一个非常高级，非常优秀，非常上档次的会社，他们会接纳你入会，告诉你会社的一切——就赶在婚礼之前。而在他们告诉了我会社的事情后，我取消了婚礼。

菲利普：真是个绝妙的先例。

多萝西：可现在，只要我们还有彼此，难道我俩就不能这么继续下去吗？——我是说，如果我们不能永远继续下去，那就让我们和和气气的，享受我们眼下的所有，不要斗嘴生气，你说呢？

菲利普：只要你愿意。

多萝西：我愿意。

［这时她已经从门口折返，两人说话的时候她就站在床边。菲利普抬头望着她，然后站了起来，双手抱住她，一把将她举到了床上，紧贴自己的身体，连人带银狐皮］

菲利普：狐皮摸上去很精致，很柔软。

多萝西：闻上去也不坏，对不对？

菲利普：［他的脸贴着她的肩，埋在狐皮里］没错，不难闻。披上它，你摸上去也很美妙。我爱你，我什么都不在乎。我真的爱你。这会儿才下午五点半呢。

多萝西：让我们今朝有酒今朝醉吧，你说呢？

菲利普：［恬不知耻］它摸上去真的妙不可言。我很高兴你买了它。

［他紧紧地抱着她］

多萝西：我们可以抓紧我们仅有的这点时光，好好快活一场吗？

---

① 骷髅会，美国耶鲁大学一个特殊小精英群体组成的秘密社团。

菲利普：是的。我们可以。

［有人敲门，紧接着门把手一转，麦克斯走了进来。菲利普赶忙从床上起身。多萝西依然坐着］

麦克斯：我打扰了，是吗？

菲利普：不。完全没有。麦克斯，这是一位美国同志。布里奇斯同志。麦克斯同志。

麦克斯：*Salud*，同志。

［他走到多萝西依然坐着的床边，伸出手。多萝西握了那只手，眼睛却看向别处］

麦克斯：你们在忙，是吗？

菲利普：不。完全没有。要喝一杯吗，麦克斯？

麦克斯：不用。谢谢。

菲利普：*¿Hay novedades*？①

麦克斯：*Algunas*.②

菲利普：你真不喝一杯？

麦克斯：不用。非常感谢。

多萝西：我走了。别让我打搅你们。

菲利普：你不必走的。

多萝西：也许你可以过一会儿到我这里来。

菲利普：没错。

［她出去的时候，麦克斯彬彬有礼地说道］

麦克斯：*Salud*，同志。

多萝西：*Salud*。

---

① 西班牙语，有消息？

② 西班牙语，一点。

［她先关上了两间房当中的连通门，然后才从正门出去］

麦克斯：［等到房间里只剩下他俩时］她是同志？

菲利普：不是。

麦克斯：你刚才这么介绍的。

菲利普：那只是一种说话的方式。你管马德里城里的每个人都叫同志。所有人理论上都在为共同的事业而奋斗。

麦克斯：这不是一种很好的说话方式。

菲利普：没错。的确不是。我好像记得自己有一回也讲过类似的话。

麦克斯：这个姑娘，你叫她什么？布里基斯？

菲利普：布里奇斯。

麦克斯：你对她是认真的？

菲利普：认真？

麦克斯：是的。你懂我的意思。

菲利普：恐怕不是。你还不如说我觉得她好笑呢，在某些方面。

麦克斯：你花很多时间在她身上？

菲利普：一些时间。

麦克斯：谁的时间？

菲利普：我的时间。

麦克斯：不是党的时间？

菲利普：我的时间就是党的时间。

麦克斯：这就是我的意思。我很高兴你理解得这么快。

菲利普：哦，我当然理解得快。

麦克斯：这与你我个人无关，不要因为这个而生气。

菲利普：我没有生气。可我不是来做一个该死的僧侣的。

麦克斯：菲利普，同志，你也从来就不怎么像一个该死的僧侣。

菲利普：是吗？

麦克斯：而且也没有人指望你做一个僧侣——从来没有。

菲利普：没错。

麦克斯：这件事的问题仅仅在于，它妨碍了你的工作。这个姑娘——她从哪儿来？她的背景是什么？

菲利普：去问她呀。

麦克斯：我想我是得问问，如此看来。

菲利普：难道我的工作干得不好吗？有人抱怨过吗？

麦克斯：目前为止还没有。

菲利普：那现在是谁在抱怨？

麦克斯：现在是我在抱怨。

菲利普：是吗？

麦克斯：是的。我应该在齐科特酒吧和你碰头的。如果你不在那里，你应该留信给我的。我准时去了齐科特。你不在。也没有留信。我来了这里，看到你怀里抱着一整个动物园的银狐狸。

菲利普：你就从来没想要过吗？

麦克斯：哦，我想。我一直想要。

菲利普：那你又怎么办？

麦克斯：有时候，如果我有时间，而且没累趴下，我会找一个人，讨一点甜头，她会装作没看见。

菲利普：你一直想要吗？

麦克斯：我非常想要。我不是圣徒。

菲利普：可这里有圣徒。

麦克斯：是的。还有不是圣徒的其他人。只是我一直很忙。现在，我们来谈点别的。今晚我们再去一趟。

菲利普：很好。

麦克斯：你想去？

菲利普：听着，我同意你对那姑娘的看法，只要你高兴；但不要对我无礼。不要在工作上摆出高我一头的架势来。

麦克斯：这个姑娘没问题吗？

菲利普：哦，没错！也许她对我没好处，也许我在浪费时间，就像你说的那样，可她绝对没问题。

麦克斯：你确定？你得记着，我从来没见过这么多狐狸。

菲利普：她是个大傻瓜，你怎么说都行，可她就像我一样没问题！

麦克斯：你依旧没问题吗？

菲利普：希望如此。当你有问题的时候，脸上看得出来吗？

麦克斯：嗯，是的。

菲利普：那我看上去怎么样？

［他站起身，鄙夷地看着镜中的自己。麦克斯看着他，然后一点一点地笑了。他点点头］

麦克斯：我觉得你看上去一点问题没有。

菲利普：你想过去审问她的背景，她的一切？

麦克斯：不想。

菲利普：她的背景跟所有那些有一点钱，来了欧洲的美国女孩没什么两样。她们都一样。夏令营，大学，家里有钱——要么更有钱了，要么没那么有钱了，通常是没那么有钱了；男人，风流韵事，打胎，野心，最后嫁人，安顿下来；或者没有嫁人，也安顿下来。她们开店，或者在店里打工，有些人写作，另一些人玩乐器；有些人上舞台，另一些人拍电影。她们还弄了一个叫做“青年女子联盟”的东西，我想入会的都是些纯真少女。一切都是为了公益。我们这位写作。而且写得还挺不错，在她不太偷懒的时候。你自己问问她吧，只要你高兴。不过真的挺无聊的，我告诉你。

麦克斯：我没兴趣。

菲利普：我还以为你有呢。

麦克斯：没有。我认真想过了，我把这一切全交给你了。

菲利普：把什么全交给我？

麦克斯：关于这个姑娘的一切。你该怎么做就怎么做。

菲利普：我对自己没有太多的信心。

麦克斯：我对你有信心。

菲利普：[满腔愤懑]我没有。有时候我真的是烦透了。烦透了这份工作的里里外外。我恨它。

麦克斯：那很自然。

菲利普：是的。现在你得打消我的这种情绪。前两天我还害死了那个小伙子威尔金森。只是因为粗心大意。别说我没有。

麦克斯：你这就是在胡说八道了。不过你确实应该更小心一点的。

菲利普：他被人杀了，都是因为我的错。我让他一个人坐在房间里面我那把椅子上，门开着。那不是我计划让他派用场的地方。

麦克斯：你不是故意把他留在那里的。事情已经结束了，你不能再去想它了。

菲利普：没错——不过是粗心大意铸就的一个死亡陷阱。

麦克斯：就算躲过了这回，说不定他过两天还是会死。

菲利普：噢，是的。当然。如此看来，这就是一件大好事了，是不是？简直妙不可言。我猜这又是一件我没想到的事情。

麦克斯：我以前就见过你这样闹情绪。我知道你会没事的。

菲利普：是啊。可你知道我没事的时候会是什么样吗？我会往肚子里灌下十二杯酒，再找个妓女来一场。那样我就又能乐呵呵了。那就是你所认为的“我没事了”。

麦克斯：不。

菲利普：我受够了。你知道我想去哪儿吗？我想去一个像里维埃拉的圣特罗佩那样的地方，早晨起来散步，没有该死的战争；来一杯奶油咖啡，里面加的是真正的牛奶……还有奶油鸡蛋卷配新鲜的草莓酱，还有火腿鸡蛋[①]，全都装在一个托盘里送上来。

麦克斯：还有那个姑娘？

菲利普：是的，还有那个姑娘。你对极了，那个姑娘。连银狐皮带人。

麦克斯：我告诉过你的，她对你有坏处。

菲利普：也可以说对我有好处。我做这件事做了这么久，我真的真的受够了。受够了这一切。

麦克斯：你做这件事，为的是每一个人都能吃上那样的早餐。你做这件事，为的是没有人会再挨饿。你做这件事，为的是让大众不必再害怕疾病和衰老；为的是让他们能够有尊严地工作生活，而不是做奴隶。

菲利普：是的。当然。我知道。

麦克斯：你知道你为什么要这么做。如果你出了一点小问题[②]，我理解。

菲利普：我出的可是个挺大的问题，而且出了很久了。从我见到那个姑娘的第一天起就开始了。你永远不知道她们会给你带来什么。

［只听见一声炮弹飞来的尖啸，随即便是它在街道上炸开的声响。你听见一个孩子在叫喊，先是大声的尖叫，随后变成了短促、微弱、尖细的哭喊。你听到人们在街上奔跑的声音。又一枚炮弹飞

① 奶油咖啡、奶油鸡蛋卷、火腿鸡蛋的原文都是法语。
② 此处原文为法语。

来。菲利普打开窗户。爆炸声过后，你听到人群又在奔跑]

麦克斯：你做这件事，为的是让这个永远不再发生。

菲利普：那群猪猡！他们算好了时间，等的就是电影院散场的那一刻。

[又一枚炮弹飞来，炸开，你听到一条狗哀嚎着跑过街道]

麦克斯：你听到了吗？你做这件事是为了所有人。你做这件事是为了孩子们。有时候，你做这件事甚至是为了狗。现在进屋去看看那个姑娘。她现在需要你。

菲利普：不。让她独自承受吧。她有她的银狐皮。让这一切见鬼去吧。

麦克斯：不。进去，现在。她现在需要你。

[又一枚炮弹拖着长长的尖啸嗖嗖地飞来，在外面的街道上炸开了。这一回，没有人群奔跑，没有声音]

麦克斯：我在这里躺一会儿。你现在进去看她。

菲利普：好吧。没问题。你说了算。你说什么我都听。

[他起身朝门口走去，拉开门；就在这时，又有一枚炮弹呼呼地飞近，下落，接着又是一声爆炸——这一回炮弹飞过了酒店]

麦克斯：这只是一场小炮击。大炮击是今晚。

[菲利普推开隔壁房间的房门。透过门你听见菲利普在说话，声音没精打采]

菲利普：喂，布里奇斯。你还好吗？

落幕

第三幕·第二场

一个炮兵观察所的内景,位于埃斯特雷马杜拉路路口一栋被炮击过的房子里。观察所坐落在曾经是一栋豪奢大宅的建筑物的塔楼里,出入塔楼的唯一途径就是一架简陋的梯子——原先的那道盘旋铁梯被炮弹炸得面目全非,它破碎扭曲的残骸依然悬在半空中。你能看到梯子紧靠着塔楼,而在它的顶端,正是这个向着马德里的观察所背面。此刻是夜晚,堵住窗户的沙袋被人移开了,透过窗户,除了一片漆黑你什么都看不到,因为马德里城里的灯光全灭了。墙上挂着大比例尺军事地图,上面用彩色大头钉和胶带标注着各个要地的位置,旁边一张简陋的桌子上放着一部野战电话。桌子右边有一架超大号德制单管长筒测距仪,对着墙上的一个开口,旁边放着一把椅子。另一个开口前面是一架普通尺寸的双管测距仪,基座边上也有一把椅子。房间右半边放着另一张简陋的桌子,上面也有部电话。梯子脚下站着一个哨兵,枪口上了刺刀;梯子顶端的房间里也有一个哨兵,天花板的高度刚好够他背着步枪上着刺刀站直身子。随着帷幕升起,你能看到上述的这幕场景,两个哨兵各就各位。两名通信兵正趴在那张大一些的桌子前面。幕启之后,你看到了一辆汽车的大灯明晃晃地打在塔楼基座边的那架梯子上。车灯越来越近,直把那哨兵照得眼都要花了。

哨兵:把灯灭了!

[车灯依然亮着,炫目的强光照亮了哨兵]

哨兵：[举枪瞄准，拉下枪栓，往前咔嗒一推]把灯灭了！

[他一字一顿地说出这句话，吐字清晰，杀气腾腾——显然，他准备好了开火。车灯灭了，车停在了舞台下面，从车上走下三个男人，两个穿着军官服，一个穿着平民的便装。那两个军官，一个魁梧壮硕，拿着手电筒，一个相对瘦削，衣冠楚楚，一双马靴在手电筒的照射下闪闪发亮。三人下车后从左侧穿过舞台，走近梯子]

哨兵：[说出上句口令]胜利——

瘦军官：[没有好气，满是鄙夷]属于那些值得拥有它的人。

哨兵：上去吧。

瘦军官：[面向平民]就从这里爬上去。

平民：我来过这里。

[三人爬上梯子。梯子头上的那名哨兵看到了大个儿军官帽子上的徽章，赶忙举枪致敬。两名通信兵依然坐在各自的电话机旁。大个儿军官走向桌子，身后跟着平民和那个马靴闪亮的军官——此人显然是大个子的副官]

大个儿军官：这两个通信兵是怎么一回事？

副官：[对着通信兵]过来！快点立正！你俩怎么搞的？

[两名通信兵没精打采地立正]

稍息！

[两名通信兵坐了回去。大个儿军官研究着地图。平民用测距仪看着外面，却只看见一片漆黑]

平民：炮击定在午夜？

副官：几点开炮，长官？

[面向大个儿军官]

大个儿军官：[带着浓重的德国口音]你话太多了！

副官：抱歉，长官。您要不要看看这些？

［他递给他别成一札的命令打字件。大个儿军官接过来，瞥了一眼，递还回去］

大个儿军官：［粗声粗气地］这些我都知道。我写的命令。

副官：没错，长官。我以为您也许想确认一下。

大个儿军官：我已经确认过了！

［一部电话响了。桌前的通信兵拿起话筒听着］

通信兵：是的。不。是的。好的。

［他朝大个儿军官点点头］

找您的，长官。

［大个儿军官接过电话］

大个儿军官：喂。是的。没错。你是傻瓜吗？不是？依照命令行事。齐射的意思就是齐射。

［他挂上话筒，看了看手表］

［面向副官］

你的表几点？

副官：十二点差一分，长官。

大个儿军官：我来对付这里的傻瓜。没有纪律，你就不能说自己在指挥。看到将军进来了还坐在桌子前面的通信兵。请长官解释命令的炮兵旅长。你刚才说几点了？

副官：［看着手表］十二点差三十秒，长官。

通信兵：旅长打过六次电话，长官！

大个儿军官：［点燃一支雪茄］几点？

副官：差十五，长官。

大个儿军官：什么差？什么十五？

副官：十二点差十五秒，长官。

［就在这时你听到了炮响。这和炮弹飞来的声音绝然迥异。这

是一种刺耳的爆裂声——砰，砰，砰，砰，就像是对着麦克风猛敲定音鼓；接着是呼，呼，呼，呼，飕，飕，飕，飕，飕——飕——炮弹这时越飞越远——最后是远处的一声爆炸。另一组距离更近，声音更响的炮位这时也开火了，排炮齐鸣，隆隆作响，一声紧接着一声，空气中充斥着炮弹出膛后的嘶鸣。透过敞开的窗户，你能看到马德里城这时被一道道火光点亮了。大个儿军官站在大测距仪前。平民站在双管测距仪前。副官监视着平民]

平民：上帝啊，多美的一幕啊！

副官：我们今晚能干掉他们不少人。那些马克思主义杂种。这下他们在洞里被逮了个正着。

平民：这一幕真是精彩。

将军[①]：满足吗？

[他的眼睛没有离开测距仪]

平民：真美啊！炮击会持续多久？

将军：我们给他们来一个小时。然后停十分钟。然后再来十五分钟。

平民：炮弹不会落在萨拉曼卡区吧？几乎所有我们的人都躲在那里。

将军：会落上几发。

平民：可为什么？

将军：西班牙炮组的误差。

平民：为什么是西班牙炮组？

将军：西班牙炮组不如我们的炮组。

[平民没有再说话，炮组继续开火，但开炮的速度没有刚开始

① 即大个儿军官。

时那么快了。一发炮弹飕飕地飞了过来，接着是一声轰鸣——落点离观察所非常之近]

将军：现在他们做了一丁点回应。

[这时观察所里没有一丝灯光，只有炮口的火光和梯子下面那个抽烟的哨兵嘴角边烟头的红光。就在你的注视下，你看到那个烟头在黑暗中划过半个圆弧，接着观众清清楚楚地听到了哨兵倒下时的一声扑通。你听到了两下重击。又有一发炮弹飞来，伴随着同样的尖啸声；炮弹爆炸时，你看到两个男人在炮火的闪光中爬上楼梯]

将军：[看着测距仪说]给我接加拉比塔斯的电话。

[通信兵拨了电话。接着又拨了一遍]

通信兵：抱歉，长官。电话线断了。

将军：[朝着另一个通信兵]给我接通旅部的电话。

通信兵：没有电话线，长官。

将军：找人检查你们的电话线！

通信兵：是，长官。

[他在黑暗中站起身来]

将军：那人抽烟做什么？这算什么军队？简直是《卡门》的合唱队！

[你看到梯子顶端的那个哨兵嘴里的烟头划过一道长长的抛物线落向地面，就好像是他把香烟抛出去了似的，接着你听到了一个人体倒地的重响。一支手电筒照亮了测距仪前的三个男人和那两个通信兵]

菲利普：[站在梯子顶端那扇洞开的门里面。声音低沉，非常平静]

把手举起来，别逞英雄，不然我就把你们的脑袋轰掉！

[他举起一支短管自动步枪，就是刚才爬梯子的时候他挂在背上的那支枪]

我说的是你们五个！把手举好了，你这死胖子！

［麦克斯右手握着一枚手榴弹，左手握着手电筒］

麦克斯：你们敢吭一声，你们敢动一下，所有人都得死。听到没有？

菲利普：你想要谁？

麦克斯：就这个胖子和那个城里人。帮我把剩下的捆起来。你有好胶带吧？

菲利普：*Da*①。

麦克斯：瞧见了吧。我们都是俄国人。马德里城里的每个人都是俄国人！快点，*Tovarich*②，把他们的嘴巴封牢了，因为我们走前，我得把这玩意儿给扔了。你看，保险销已经拉出来了！

［就在帷幕落下前，菲利普端着短自动步枪朝他们走去，你在手电筒的光束中看到了那些男人煞白的面孔。炮组依然在开火。屋子外头，一个声音从下面喊道——“把灯灭了！”］

麦克斯：好的，士兵，稍等片刻！

落幕

① 俄语，是。

② 俄语，同志。

第三幕·第三场

随着帷幕升起，出现在你眼前的正是第二幕第一场中的场景——保卫处总部内的那个房间。坐在桌子后面的是监察委员安东尼奥。菲利普与麦克斯满身泥浆，疲惫不堪地坐在两把椅子上。菲利普的背上依然挂着那支自动步枪。从观察所俘虏来的那个平民头上的贝雷帽不见了，防雨风衣沿着背脊被撕开一道大大的豁口，一只袖子松松垮垮地耷拉着。他就这样站在桌前，左右两边各有一名突击近卫军。

安东尼奥：[对着那两名突击近卫军]你们可以走了！

[两人敬礼，从右侧下，以标准持枪姿势端着步枪]

[转向菲利普]

还有一个呢？

菲利普：我们进城的时候把他甩了。

麦克斯：他太重了，又不肯走路。

安东尼奥：要是能活捉他，该有多好啊。

菲利普：这种事情，你没法像电影里演的那样干。

安东尼奥：话是这么说，可没能活捉他真是可惜！

菲利普：我来给你画一幅小地图，你可以派人过去找到他。

安东尼奥：是吗？

麦克斯：他是个军人，他绝对不会开口的。我也很想审一审他，可这样做一点用都没有。

菲利普：等我们这边完事儿了，我来给你画一幅小地图，你就可以派人去找他了。不会有人去碰他的。我们把他留在了一个好地方。

平民：[声音歇斯底里]你们杀害了他！

菲利普：[不屑一顾]闭嘴，好吗？

麦克斯：我向你保证，他永远不会开口的。我了解这些人。

菲利普：你瞧，我们本来没有指望同时找到这两位冒险家的。那一位体型太大了，最后又不肯走路了。他搞了个静坐罢工。我不知道你有没有试过大晚上的从那里进城。有两个地方很不好走的。所以你瞧，在这件事情上我们真的是别无选择啊。

平民：[歇斯底里地]所以你们就杀害了他！我亲眼看见你们动手的。

菲利普：给我安静点，听到没有？没人征询你的意见。

麦克斯：你现在还需要我们吗？

安东尼奥：不。

麦克斯：我想我也是走了好。我不是特别喜欢这一幕。让人记忆太深刻了。

菲利普：你需要我吗？

安东尼奥：不。

菲利普：你不用担心。你会得到一切的——名单，地点，一切。全是这狗东西在运作。

安东尼奥：是的。

菲利普：你不用担心他不开口。他话可多了。

安东尼奥：他是个政客。是的。我已经和许多政客谈过了。

平民：[歇斯底里]你永远没法让我开口！永远！永远！永远！

[麦克斯和菲利普对视了一眼——菲利普咧嘴笑了]

菲利普：［声音非常平静］你已经开口了。你都没有注意吗？

平民：不！不！

麦克斯：要是没问题的话，我就走了。

［他站起身来］

菲利普：我想，我也该走啦。

安东尼奥：你俩不想留下来听听？

麦克斯：拜托，不要。

安东尼奥：会非常有趣的。

菲利普：只是我俩累了。

安东尼奥：会非常有趣的。

菲利普：我明天过来。

安东尼奥：我真的很想要你们留下。

麦克斯：拜托——要是你不介意的话。就算是帮我个忙。

平民：你要对我做什么？

安东尼奥：没什么。只要你回答我的问题。

平民：我绝不会开口的。

安东尼奥：噢，不，你会的！

麦克斯：拜托。拜托。我现在就走！

落幕

第三幕·第四场

场景同第一幕第三场，但时间是临近傍晚。随着帷幕升起，你看到了两个房间。多萝西·布里奇斯的房间一片漆黑。菲利普的房间亮着灯，拉着窗帘。菲利普面朝下躺在床上。阿妮塔坐在床边的一把椅子上。

阿妮塔：菲利普！

菲利普：［没有转身，也没有看她］怎么啦！

阿妮塔：拜托，菲利普。

菲利普：拜托什么拜托？

阿妮塔：威士忌在哪儿？

菲利普：在床底下。

阿妮塔：谢谢。

［她朝床底下看了一眼。然后半个身子爬了进去］

没找到。

菲利普：那就试试壁柜。又有人进来打扫过了。

阿妮塔：［走过去，拉开壁柜。她仔细地朝里面张望］全是空瓶子。

菲利普：你真是个小发现者。来我这里。

阿妮塔：我想找一瓶威士忌。

菲利普：看看床头柜里面。

［阿妮塔走到床头柜前，拉开柜门——她掏出了一瓶威士忌。她走进浴室拿了一只玻璃杯，倒了一杯威士忌，又拿起床头的玻璃

水瓶，往酒里兑了点水］

阿妮塔：菲利普。喝了这个就能好受些。

［菲利普坐了起来，望向她］

菲利普：嘿，黑美人。你怎么进来的？

阿妮塔：用总钥匙。

菲利普：哦。

阿妮塔：我没见到你。我好担心。我来了，他们说你在里面。我敲门，没人应。我再敲门。没人应。我说拿总钥匙来给我开门。

菲利普：他们就照办了？

阿妮塔：我说你叫我来的。

菲利普：我叫过你吗？

阿妮塔：没有。

菲利普：不过你能来还真是挺贴心的。

阿妮塔：菲利普，你还跟那个大金发妞在一起？

菲利普：我不知道。这件事让我有点犯迷糊了。事情变得有点复杂。每天晚上，我都向她求婚；每天早上，我都告诉她我不是认真的。我想，也许，事情不能再这样继续下去了。不。不能再这样了。

［阿妮塔挨着他坐下，拍拍他的头，把他的头发向后理顺］

阿妮塔：你感觉很糟糕。我知道。

菲利普：想要我告诉你一个秘密吗？

阿妮塔：想。

菲利普：我感觉从来没有这么糟糕过。

阿妮塔：你失望了。我还在想，你能不能说说你是怎么抓到第五纵队的那些人的。

菲利普：我没有抓到他们。我只抓到了一个人。而且是个让人作呕的东西。

［有人敲门。是经理］

经理：极度抱歉，如果打扰了——

菲利普：嘴巴干净点，听到没。有女士在场。

经理：我进来只想看看是否一切正常。控制一下年轻女士的某些可能的举动，万一你不在，或不省人事。还渴望送上最真诚、最温暖的祝贺加恭喜——令人钦佩的表现，反间谍的壮举，战果上了晚报，宣布了有三百名第五纵队成员被逮捕。

菲利普：上报纸了？

经理：还有抓捕行动的细节，落网的有各式各样的可憎之徒，从事枪击，阴谋暗杀，破坏，通敌——各种形式的乐趣（*delights*）。

菲利普：乐趣？

经理：是个法语词，拼作D—E—L—I—T—S，意思是犯罪。

菲利普：这些全都在报纸上？

经理：千真万确，菲利普先生。

菲利普：这跟我有什么关系？

经理：噢，所有人都知道你参与了执行这些调查。

菲利普：他们是怎么知道的呢？

经理：［责备的语气］菲利普先生。这是马德里。在马德里，往往在事情发生之前，所有的人都知道所有的事。发生之后，有时会讨论究竟是谁做的。但发生之前，全世界都清清楚楚地知道谁必须去做。现在我献上贺词，为的是赶在那些不满意的人横加指责之前，他们会问："啊——哈！只有三百人？其他的人哪儿去了？"

菲利普：别那么悲观嘛。不过，我想我这下怕是得走了。

经理：菲利普先生，我想到了这一点，我来这里，是来提一个希望是妙点子的提议。如果你要走，就不必把那些罐头装进行李了。

［有人敲门。是麦克斯］

麦克斯：*Salud*，同志们。

所有人：*Salud*。

菲利普：［面对经理］快走吧，集邮同志。那件事我们回头再说。

麦克斯：［面对菲利普］*Wie gehts*？①

菲利普：好。又不太好。

阿妮塔：我可以洗澡吗？

菲利普：不只是可以，亲爱的。不过，请把门关上，好吗？

阿妮塔：［在浴室里喊］是温水。

菲利普：这是个好兆头。关门，拜托。

［阿妮塔关上门。麦克斯来到床边，在一把椅子上坐下。菲利普坐在床上，两条腿晃荡着］

菲利普：要点什么？

麦克斯：不用，同志。你留下了？

菲利普：哦，是的。从头到尾我都在场。每一分每一秒。整个过程。他们想要知道一些事情，就把我叫回去了。

麦克斯：他怎么样？

菲利普：一个懦夫。可一开始还是挤了一会儿牙膏的。

麦克斯：然后呢？

菲利普：哦，然后，他终于开始倒豆子了，倒得比速记员记得还快。我干这种事情是不眨眼睛的，你知道。

麦克斯：［没有接话］我在报上读到了逮捕内奸的报道。他们为什么要公开这种事？

---

① 德语，一切都好吗？

菲利普：我不知道，伙计。为什么？你告诉我吧。

麦克斯：这对士气有好处。可要是能抓到所有人的话，好处就更大了。他们有没有找到——唔——

菲利普：哦，是的。你是说那具死尸？他们从我们藏他的地方把他弄回来了，安东尼奥让人把他放在角落里的一把椅子上，我往他嘴里塞了一支烟，给他点上，那场面可搞笑了。只是那支烟没能燃太久，这很正常。

麦克斯：我很高兴我可以不用留下。

菲利普：我留下了。然后我走了。然后我回去了。然后我走了，然后他们又把我叫回去了。我在那儿一直待到一个小时前，现在我完事了。今天完事了。完成了我一天的工作。明天还有别的事要做。

麦克斯：我们的工作干得很漂亮。

菲利普：算是尽了我们的所能吧。行动很出彩，很惹眼，但大网上面也许有许多漏洞，让不少猎物给跑掉了。可他们总能再撒一次网的。不过，你得把我派到别的地方去了。我在这里已经没有用了。太多人知道我在做什么了。不是因为我说漏了嘴。反正事情就是这样了。

麦克斯：要派你去的地方多的是。不过你在这里还有一些工作要做。

菲利普：我知道。但尽快把我装船送走，好吗？我有点坐立不安了。

麦克斯：隔壁房间的那个姑娘怎么办？

菲利普：哦，我正打算和她分手。

麦克斯：我没要求你这么做。

菲利普：是的。可你迟早会的。没必要再继续哄我了。我们面对的是五十年秘而不宣的战争，而我也签了五十年的约。我不记得那究竟是什么时候的事了，但我确实是签了。

麦克斯：我们都签了。签约是毫无疑问的。没必要满腔幽怨。

菲利普：我不是满腔幽怨。我只是不想再自我欺骗了。也不想让有些事情生根在我内心中那一处不该有任何东西生根的地方。而这件事情生的根已经挺深了。哎，我知道该怎么治它。

麦克斯：怎么治？

菲利普：我治给你看。

麦克斯：记住，菲利普，我是个善良的人。

菲利普：哦，一点不错。我也是。有时候你应该来看看我怎么工作。

［就在他们谈话的时候，你看到109的房门开了，多萝西·布里奇斯走了进来。她打开灯，脱掉大衣，披上银狐披肩。她站着，披着披肩，对着镜子转了个身。今晚她看上去美极了。她走到唱机前，放起了肖邦的马祖卡，接着拿起一本书，在阅读灯前的椅子上坐下］

菲利普：她来了。她回到了——你管那地方叫什么来着——家，现在。

麦克斯：菲利普，同志，你不必那么做的。我真心告诉你，我看不到她以任何方式妨碍你工作的迹象。

菲利普：是啊，可我看得到。要不了多久你也会看到的。

麦克斯：我把这件事交给你，一如既往。可你记住，要善良。对于我们这些经历过可怕之事的人而言，在一切可能的事物上表现出善意是至关重要的。

菲利普：我也很善良，你知道的。哦，我可真善良！我棒极了！

麦克斯：不，我还不知道你的善良。我希望你能够善良。

菲利普：你就在这儿等着，好吗？

［菲利普出了门，敲了敲 109 的房门。敲过之后他推开门，走了进去］

多萝西：嘿，亲爱的。

菲利普：嘿。你过得好吗？

多萝西：我现在很好，很开心，因为你来了。你上哪儿去了？你昨晚一直没进来。噢，我真高兴你现在来了。

菲利普：你有酒吗？

多萝西：有，亲爱的。

［她给他调了一杯威士忌兑水。在隔壁房间里，麦克斯坐在一把椅子上，凝视着电炉］

多萝西：你上哪儿去了，菲利普？

菲利普：就到处转转。盯一盯各种事情。

多萝西：事情怎么样呢？

菲利普：有些挺好，你知道的，有些不那么好。我猜这样就扯平了。

多萝西：那你今晚不用出去？

菲利普：我不知道。

多萝西：菲利普，亲爱的，怎么啦？

菲利普：没事。

多萝西：菲利普，我们离开这儿吧。我不用待在这里的。我已经发了三篇文章了。我们可以去那个离圣特罗佩不远的地方，雨季还没有开始呢，没有人，现在去那儿一定棒极了。然后我们可以去滑雪。

菲利普：［语气中满是挖苦］是的，然后去埃及，在所有的旅馆里快乐地做爱，之后三年里的一千个早晨，一千份早餐都会端在托盘里送到眼前；或者是之后三个月里的九十个早晨；或者是天知道多久，反正就是等到你厌了我，要不就是我厌了你的那一天。我们只要做一件事，那就是寻欢作乐。我们会住克里翁酒店，或者住里兹大饭店，秋天落叶的时节住布瓦酒店，等到寒风凛冽之时，我们就开车去欧特伊玩障碍赛马，在鞍具着装场里靠着那些燃着煤块的大火盆取暖，瞧着它们跨过水沟，看着它们跃过高树篱和旧石墙。就是这样。然后一溜烟钻进酒吧，来一杯香槟鸡尾酒，接着开车回城，在拉鲁饭店用晚餐，周末上索洛涅猎野鸡。是的，是的，就是这样。接着坐飞机去内罗毕，去老穆海咖俱乐部[①]，等到了春天再钓一回大马哈鱼。是的，是的，就是这样。我们夜夜同床，宵宵共枕。是这样吗？

多萝西：噢，亲爱的，想想那该有多美啊！你真有那么多钱吗？

菲利普：以前有。直到我入了现在这一行。

多萝西：那些我们全都要，还要去圣莫里茨[②]，好不好？

菲利普：圣莫里茨？别那么俗。你说的是基茨比厄尔[③]吧。在圣莫里茨，你只会碰到迈克尔·阿伦[④]那样的人。

多萝西：可你不必见他的，亲爱的。你可以装作不认识他。那么多地方我们真的全都会去吗？

菲利普：你想吗？

多萝西：噢，亲爱的！

菲利普：你想不想再去一趟匈牙利，挑一个秋天？你可以用很便宜的价钱租下那里的一处庄园，只用为你打到的猎物买单。在多

---

① 穆海咖俱乐部（Mathaiga Club），英国殖民统治者在肯尼亚的内罗毕创立的一个俱乐部。

② 圣莫里茨，位于瑞士东南部，著名的滑雪旅游胜地。

③ 基茨比厄尔，奥地利的一处滑雪胜地，被称为阿尔卑斯山的珍珠。

④ 迈克尔·阿伦（1895—1956），亚美尼亚裔的英国小说家，爱写英国时髦阶层的讽刺浪漫故事。

瑙河平原上，你会遇到大群大群的野鹅。对了，你去过拉穆[①]没有？那里有一片白色长滩，那些三角帆船就泊在长滩上，船舷靠岸。夜里，海风吹拂着棕榈叶。要不我们去马林迪[②]？你可以在海滩上冲浪，从东北吹来的季风凉爽宜人，晚上不穿睡衣，不盖床单。你会喜欢马林迪的。

多萝西：我一定会的，菲利普。

菲利普：你有没有在一个周六的晚上去过哈瓦那的无忧宫，在庭院里的大王椰子棕下跳过舞？那些大棕树是灰色的，像柱子一样直指天空，你可以在那里整夜不眠，掷骰子，玩轮盘赌，天明之后再开车去热玛尼塔酒店用早餐。那里的所有人都彼此认识，非常愉快，非常欢乐。

多萝西：我们可以去吗？

菲利普：不行。

多萝西：为什么不行，菲利普？

菲利普：我们哪儿也不去。

多萝西：为什么，亲爱的？

菲利普：你要是想去，你可以去。我可以拟一份行程表给你。

多萝西：可为什么我们不能一起去？

菲利普：你可以去。可那些地方我都去过了，也把它们都抛在了身后。现在我要去的地方，我得一个人去，或是跟那些与我志同道合的人一起去。

多萝西：我不能去吗？

菲利普：不能。

---

① 拉穆古城，位于肯尼亚。
② 马林迪，肯尼亚港口。

多萝西：为什么我不能去，无论那是什么地方？我可以学习，我也不害怕。

菲利普：一个原因是，我不知道那是什么地方。还有一个原因是，我不想带你。

多萝西：为什么不想？

菲利普：因为你全无用处，真的。你没有文化，你全无用处，你是个傻瓜，你还一身懒病。

多萝西：其他几条也许都对。可我不是全无用处。

菲利普：为什么你不是全无用处？

多萝西：你知道的——或者说你应该知道。

［她哭了］

菲利普：噢，是的。那个。

多萝西：那个对你就是全部的意义所在吗？

菲利普：那是一件你不该付出过高代价的商品。

多萝西：这么说，我是一件商品？

菲利普：是的，一件非常漂亮的商品。我所拥有过的最美丽的商品。

多萝西：很好。我很高兴听到你这么说。我也很高兴现在是白天。现在，滚出去。你这自负、自负的醉鬼。你这荒唐可笑、目空一切、装腔作势的牛皮大王。你是商品，你。你就从来没有想到过，你也是一件商品吗？一件不该付出过高代价的商品？

菲利普：［哈哈大笑］没有。不过你的意思我明白了。

多萝西：哈，你就是。你是一件坏到骨子里去的商品。永远不在家。整夜不归。脏兮兮的，一身泥巴，惹是生非。你是一件糟透了的商品。我只是喜欢商品的包装。就是这样。我很高兴你要走了。

菲利普：真的？

多萝西：是的，真的。你和你的商品。可你刚才不用提所有那些地方的，既然我们永远都不会去了。

菲利普：我很抱歉。那样做是不太善良。

多萝西：哦，别装善良了。你善良起来让人毛骨悚然。只有善良的人才应该向善。你善良起来真是可怕。还有，你不用在白天提那些地方的。

菲利普：我很抱歉。

多萝西：噢，别道歉。你道歉的时候是你糟糕的时候。我无法忍受你的道歉。快出去吧。

菲利普：那么，再见了。

［他伸手抱住她，想要吻她］

多萝西：别吻我。你吻过我之后，就要直奔商品而去了。我了解你。

［菲利普紧紧地搂住她，然后吻了她］

噢，菲利普，菲利普，菲利普。

菲利普：再见了。

多萝西：你——你——你不想要那件商品了？

菲利普：我负担不起。

［多萝西从他怀中挣脱开去］

多萝西：那么，那么你就走吧。

菲利普：再见了。

多萝西：噢，出去。

［菲利普出了门，走进自己的房间。麦克斯依然坐在那把椅子上。隔壁房间里，多萝西拉响电铃叫来女仆］

麦克斯：如何？

［菲利普站在那里，眼睛看着电炉。麦克斯也看着电炉。隔壁

房间里，佩特拉已经来到了门口]

佩特拉：是，*Señorita*。

[多萝西坐在床上。她抬着头，但泪水顺着她的面颊簌簌地往下流。佩特拉走到她身边]

怎么啦，*Señorita*？

多萝西：噢，佩特拉，他是个坏人，就像你说的那样坏。他坏，坏，坏。而我像个该死的傻瓜，还满心以为我俩会幸福。可他是坏人。

佩特拉：是的，*Señorita*。

多萝西：可是——噢，佩特拉，麻烦的是，我爱他。

[佩特拉站在床头，陪在多萝西身边。110房里，菲利普站在床头柜前。他给自己倒了一杯威士忌，往里面兑了点水]

菲利普：阿妮塔。

阿妮塔：[从浴室里喊]在呢，菲利普。

菲利普：阿妮塔，你洗完了就出来吧。

麦克斯：我走了。

菲利普：别。留下。

麦克斯：不。不。不。拜托，我走。

菲利普：[声音冰冷，毫无生气]阿妮塔，水热吗？

阿妮塔：[从浴室里喊]这澡洗得美。

麦克斯：我走。拜托，拜托，拜托，我走。

落幕

西班牙大地

董衡巽 译

木刻插图：弗雷德里克·K·拉塞尔

献　给

所有忠于西班牙共和政府的

朋友们

致 谢

约翰·多斯·帕索斯、丽莲·海尔曼、阿奇伯德·麦克利许
为了创建“当代历史学家”公司所作出的贡献

加里逊电影股份有限公司
为了协助保存原稿

罗林·J·达特上尉
为了协助出版本书的工作

阿诺德·金格里奇
为了同意我们重印登载在《活力》杂志上的《热与冷》一文

西班牙大地

“当代历史学家”股份有限公司出品

导演
尤里斯 · 伊文斯

解说词/旁白
欧内斯特 · 海明威

摄影
约翰 · 菲尔诺

剪辑
海伦 · 范东根

配乐
马克 · 布利茨坦 维吉尔 · 汤姆逊[①]

音响效果
欧文 · 赖斯

发行
普洛米修斯制片公司 美国纽约百老汇大街 1600 号

① 马克·布利茨坦（1905—1964），美国作曲家、钢琴家兼剧作家。5岁即开始表演，7岁开始作曲，在创作及思想上都富有离经叛道精神，用艺术作反法西斯的斗争。维吉尔·汤姆逊（1896—1989），美国作曲家及评论家，1925年起旅居巴黎，结识美国女作家葛特鲁德·斯泰因，为她的《三幕剧中的四圣人》配乐，编成歌剧，1934年在美国演出，大获成功。这次两人从40张西班牙民间音乐唱片取材，为《西班牙大地》配乐。

第一本

这片西班牙大地干燥、坚硬，在这片土地上劳动的人们的脸因为日晒而干燥、坚硬。

“这片没有价值的土地有了水就能生产出许多东西。

五十年来，我们一直要求灌溉，但是人家不让我们灌溉。

现在我们要把水引来，为保卫马德里而生产粮食。”

富恩特杜纳村[①]有 1 500 人在那里生活，为了大家的利益耕种这片土地。

这是上好的面包，上面有工会的标签。但它们只够这村里的人吃。灌溉了该村的荒地就能生产十倍的粮食，还有土豆、葡萄酒和球葱，可以供应马德里。

这个村子在塔霍河和那条公路干线的边上，这条公路是巴伦西亚和马德里之间的生命线。叛军想打赢这场战争，就必须切断这条公路。

人们规划灌溉这片干燥的田地。

人们去勾划出条条水渠的位置。

① 该村位于马德里东 40 英里处，以葡萄种植、酿酒为主。1937 年初，伊文斯在那里开始拍摄农民的生活。

第二本

这是正在投入战斗的人们的真实面貌。这面貌与你将见到的任何面貌都有点儿不同。

面临死亡的人在摄影机面前不可能作假。

富恩特杜纳的村民们听到了这个声音，说："我们的大炮。"

前线呈弧形往北通往马德里。

这些是现在已空无一人的房子的门。这些在轰炸中幸免于难的人把这些门搬去加固新挖的战壕。

当你为保卫国家而战斗的时候，战争，就像现在这样，几乎成了正常的生活。你吃饭，喝水，睡觉，读报。

人民军队的扩音器音程达两公里。

这些人在三个月前开赴前线的时候，其中许多人是头一次拿起步枪。有些人甚至不知道怎样重新装子弹。现在人们正在指导新兵怎样把步枪拆卸后重新装好。

这是敌人占领大学城之后，在马德里战线本身插入的突出部分。他们遭到多次反击之后，仍然盘踞着贝拉斯克斯宫，就是左边那座有两座尖塔的王宫，他们还占领着这座已经被炸成废墟的诊疗医院。

这个留着胡子的人是马丁内斯·德·阿拉贡指挥官。内战前，他是一位律师。他是一位勇敢、高明的指挥官，在进攻“田园之家”时阵亡，就在我们拍摄这战斗场面的那一天。

叛军企图解救那诊疗医院。

朱利安是个来自那个村子的孩子，他给家里写信。“爸爸，我三天后回来。告诉一声妈妈。”

第三本

部队被集合起来。这个连队集合起来选举出席大会的代表，为了庆祝所有的民兵团队联合起来组成人民军新的旅队。

这是西班牙共和政府军捏紧的拳头。

恩里克·利斯特，一个来自加利西亚地区的石匠。打了六个月的仗之后，他从一名普通士兵晋升为一个师的指挥官。他是共和政府军最卓越的年轻军人之一。

在一次庆祝所有的民兵团队联合起来的大会上。

恩里克·利斯特：(西班牙语)

Se prestan a su establecimiento en una milicia única estes regimientos como nuestro glorioso Quinto，precisamente por haber cumplido tan bien eses primeros deberes de un regimiento en la defensiva. Porque，ahora camaradas，ha llegado el momento en que tomamos la ofensiva.

译文：

他们把自己组成一支统一的国民军，这些旅队就像我们那光荣的第五团，恰恰是因为他们在马德里保卫战中如此出色地履行了一个旅队的首要职责。因为，现在，同志们，我们要采取攻势的时刻来到了。

卡洛斯，第五团头一批指挥官之一。他谈到人民的军队，他们怎样为西班牙的民主而战斗，为他们自己选举出来的政府而战斗。我们一起战斗，就将赢得一个新的、强大的西班牙。

卡洛斯：(西班牙语)

Firmes! No pasarán! Y no han pasado! No pasarán! Y para que España tenga un ejército invencible y potente, para que sobre las ruinas del pasado y de la sangre de los mejores hijos de España se construya una nación democrática, libre y pacífica, la España feliz y progresiva! Camaradas! El Quinto Regimiento desaparece —Viva nuestra capital! El Madrid invencible! Viva el Ejército Popular! El ejército de la victoria! Adelante! Para una España potente y feliz! Para la victoria! Salud!

译文：

要坚决顶住！不许他们通过！他们没有通过！他们也不会通过！这样，西班牙才会有一支不可战胜的、强大的军队，这样，在过去的废墟上，在西班牙最优秀的儿子们的鲜血灌溉下，我们将创建一个民主、自由与和平的国家，一个幸福、进步的西班牙！同志们！第五团不再存在了——我们的首都万岁！那不可征服的马德里万岁！人民的军队万岁！胜利的军队万岁！前进！为了一个强大、幸福的西班牙！为了胜利！向大家致敬！

何塞·迪亚斯。他往常每天工作十二小时，后来成为西班牙国会议员。

何塞 · 迪亚斯：（西班牙语）

Nuestra milicia tendrá un carácter amplio，popular，democrático. Compuesta de miembros de todos partidos anti-fascistas，disfrutará de la cohesión y unidad que son las razones de la victoria. La única rivalidad será por lo que se refiere al heroísmo，espíritu de abnegación，valor!

译文：

我们的国民军将具有广泛的基础，由人民组成，是民主的。由各反法西斯政党的成员组成，它将富有凝聚力，团结一致，这是获得胜利的基础。我们唯一要争取的是如何发扬英雄主义，发扬一种牺牲和勇敢的精神!

古斯塔夫 · 瑞格勒，一位优秀的德国作家，他来到西班牙为他的理想而战。他在六月受了重伤。瑞格勒赞扬人民军队的团结。保卫马德里的战斗将永远使人们铭记他们的忠诚和勇气。

古斯塔夫 · 瑞格勒：（德语）

...einen Gruss für den Genossen des fünften Regimentes. Einen Gruss der Bewunderung und einen Gruss des Gedankens. Einen Gruss der Bewunderung für den Disziplin den ihr hier drauseen rundum Madrid gezeigt habt，für seinen Heroismus und einen Gruss für seinen Toten. Und heute an diesem Tage einen Gruss für den weisen Verzicht den dieses Regiment von Revolutionaren gegenüber der Notwendigkeit gezeigt hat die

Volksarmee zu schmieden.

译文：

……向我们第五团的战友们致意。我们向你们致意，并且表示感谢。我们忘不了你们在保卫马德里的战斗中表现出来的纪律性。我们忘不了你们英勇的战斗和阵亡的战士。尤其是在今天，我们感谢你们的好主意，组成人民军队。

西班牙今天最著名的妇女正在发言。人家称她为“热情之花”①。她不是罗曼蒂克的美人，也不是卡门②。她是阿斯图里亚斯③一个贫穷的矿工的妻子。但是新西班牙妇女的性格在她的声音里全都表达了出来。她在谈西班牙这个新的国家。这是个新的国家，富有纪律性和勇气。这个新国家是由它的战士们的纪律性和它的妇女们持久不怠的勇气所铸成的。

热情之花：（西班牙语）

La semilla del Quinto Regimiento llevando el sentido de disciplina, de organización, de espíritu de sacrificio fructifica dentro del gran Ejército Popular, ejército en que se unen ahora todas las fuerzas de nuestra República Española, fuerzas tan diversas como la valentía del miliciano en el choque y la emoción de nuestras agitadoras que al frente del enemigo gritan...

---

① 即伊芭露丽，当时是共产党人，后担任西班牙共产党书记。“热情之花”是她的笔名。

② 法国作家梅里美（1803—1870）小说《卡门》（1845）中的女主人公，为一个放任、自由、个性强烈的吉卜赛人。

③ 西班牙西北部一地区，濒比斯开湾。

译文：

第五团这颗种子，怀着纪律性、组织性和自我牺牲的精神，将在伟大的人民军队中间发育成长。在我们这支现在团结统一起来的军队里，包括我们共和国各种各样的力量，从民兵在战斗中的英勇的表现，到姑娘们在前线发出的充满感情的声音。

接着我们从前线的一只扩音器里听到这个声音。

乔·奈依伐：（西班牙语）

Camaradas de las Doce Banderas：Os habla José Neiva. Me conocéis? Me encuentro ya entre mis hermanos del Ejército del Pueblo，donde he recibido un trato excelente. Ese es el trato que se espera en estas filas.

译文：

"十二旗师"的同志们，乔·奈依伐向你们说话了。你们认识我吗？我身处在人民军队的弟兄们之中，在那里我受到了非常好的待遇。这种待遇也正在这前线等待着我。

在那幢给击毁的大楼的地窖里住着敌人。他们是摩尔人和民防队。他们是些勇敢的部队，要不然他们处于无望的境地里就不可能坚持下来。但是他们是反对武装起来的人民的职业军人。他们企图把军方的意志强加在人民的意志上，因此人民恨他们，因为如果没有他们的顽固坚持，没有意大利和德国的经常性援助，西班牙的这次叛乱从一开始起不到六个星期就会结束。

从大学城传来一声西班牙语的开炮指令：

Instructions for firing：Dos Metros a la derecha...Fuego!

译文：

往右两米……放！

同时总统在国会讲话了。

曼努埃尔·阿萨尼亚总统[①]：（西班牙语）

Nos atacaron sin contar con el pueblo. Ignoraban la larga lucha que han seguido las masas Españolas en contra la tiranía. Les sorprende su oposición al Fascismo，tanto como su gran auxilio al capital. Hasta en los pueblos más pequeños en donde en este mismo momento...

译文：

他们不把人民大众放在眼里，向我们发起进攻。他们无视西班牙群众反对专制制度的长期斗争。他们没有料到人民群众会反对法西斯主义，同样也没有料到群众对首都的支持。此时此刻，哪怕在最小的村庄……

富恩特杜纳村村长：（西班牙语）

Hay que completar obra a tiempo para la nueva defensa de Madrid. Ya tenemos el aparato que se compró con el dinero que nos sobraba el año pasado y desde luego，la disposición a trabajar. Sólo nos falta el cimento que en poco tiempo estará aquí.

---

① 曼努埃尔·阿萨尼亚（Manuel Azaña，1880—1940），1936 年人民阵线在大选中获胜后任联合政府总理，5 月当选为总统，至 1939 年，失败后避居法国。

译文：

为了进一步保卫马德里，我们必须及时完成这项任务。我们已经有了机械设备，那是我们用去年剩余的钱买来的，当然，我们还有愿意干活的意向。我们现在只需要水泥了，那是马上就会运到这里来的。

阿尔巴公爵的府邸被叛军炸毁。那些西班牙的珍贵艺术品被政府方面的民兵细心地抢救出来。

这一营士兵获得休假，朱利安在这支部队里，他有三天假期，可以回村里探亲。

朱利安给他父亲的信：（西班牙语）

Querido papá：

Sin ninguna de la tuyas a que contestar，tomo la pluma para escribirte estas pocas palabras.

Nos estamos aprovechando de unos días de calma para ir a pasarlos en el pueblo. Yo llegaré a eso de las diez. Díselo a mamá.

Espero que esta carta os encuentre disfrutando de muy buena salud.

Te abraza tu hijo que te quiere.

Julien

译文：

亲爱的爸爸：

没有接到过你的回信，我且提笔给你写这几行字。

我们正利用这平静无事的几天，回村里度假。我大约十点钟到。告诉一声妈妈。

希望收到本信时你身体非常健康。

请接受你亲爱的儿子的拥抱。

朱利安

当朱利安奔向战场的时候，人们听到他大声喊叫：爸爸！

第四本

马德里凭它的地理位置，是个天然的要塞，而人民每天加强保卫，使它越来越坚不可摧。

你整天排队购买供晚餐的食品。有时候你还没到店门口，食品已经卖光了。有时候一颗炮弹掉在队伍附近，而人们在家里等啊等啊，结果没人带回来任何供晚餐的食品。

敌人攻不进这座城市，就企图毁掉它。

这个人同战争没有任何关系。他是个簿记员，正在早晨八点钟一路上办公室去。可现在他们把这个簿记员抬走了，但不是去他的办公室，也不是把他送回家去。

政府要求所有的平民百姓撤出马德里。

可是我们去哪儿呢？—— 什么地方我们可以住下呢？——我们做什么工作来维持生活呢？

我不走。我太老了。—— 但是我们必须让孩子们不要上街，除非需要他们去排队。

因为炮击的缘故，招募新兵的工作加速了。每一次平白无故的杀人使人民愤怒。各行各业的男人报名参加共和军。

同时，在巴伦西亚，总统——

朱利安搭上一辆空的卡车，到家的时间比他预期的早。

第五本

村里的男孩们从地里回家后，朱利安教他们操练。

在马德里，一支未来的突击队正在操练，他们包括斗牛士、足球队员和别的运动员。

他们说再见，这一古老的道别在任何语言里听起来都是一样的。她说她会等他的。他说他会回来的。他知道她会等他。在这样的炮击中，谁知道会怎么样呢。没人知道他会不会回来。照顾好小孩子，他说。我会的——她说，但明知道无法照顾好。他们双方都知道，人家把你用车送出去，那是去打仗。

死神每天早晨光临市里这些人的头上，那是叛军从两英里外的山间送来的。

死亡的气味是从烈性炸药的刺鼻的浓烟和被炸毁的花岗石建筑中发出的。

他们为什么留着不走？——他们不走是因为这是他们的城市，这些屋子是他们的家，他们的工作就在这里，这是他们的战斗——为了争取活得像人而战斗。

男孩子们寻找炮弹的碎片，就像他们从前收集冰雹粒一样。于是下一颗炮弹打中了他们。德国炮兵部队今天已增加它各个炮队的发射量。

从前，死神降临到老人和病人的头上，但是今天死神降临这整个村庄。在高空中披着闪闪发亮的银装，死神降临到所有无处可逃、无处可藏的人的头上。

三架容克式[1]飞机干下了这事。

政府军的驱逐机打下了其中的一架容克式飞机。

我也不懂德文。[2]

这些死人是另一个国家的人。他们签约去埃塞俄比亚工作，俘虏们说。我们听不到死人自己说的话，但是我们读到的信都写得叫人伤心。在布里韦加这次战役中，意大利死的、伤的、失踪的人比在埃塞俄比亚战争中所有牺牲的人还要多。

---

① 这是德国生产的在当时很先进的轰炸机。
② 这时影片的画面是德国的印有德文字样“drucken”（印刷）的降落伞。

第六本

叛军又一次袭击马德里至巴伦西亚的公路。他们越过哈拉马河，企图占领阿尔甘达桥。

部队从北方急速调来，准备反攻。

村子里大家努力把水引来。

他们到达巴伦西亚公路。

步兵在出击，要用摄影机拍下得看运气有多好。这是缓慢的、负载沉重的、毫不引人入胜的向前推进的行动。战士们分成一个个梯队，每队六人。他们处在极端的孤寂之中，在进行所谓的接触行动。在那种情况中，每个人知道的只有他自己和其他五个人，而他的前面是一大片神秘世界。

这场战争的一切其他的准备就是为了这个时刻，由六个人穿越一片土地，向前走进死亡，而他们出现在这片土地上，正证明了—— 这块土地是我们的。六个人成了五个。接着四个减到三个，但是这三个人坚持了下来，挖了战壕，守住了这阵地。和他们一起的其他小队，有的剩下四个人、三个人，有的剩下两个，他们出发时都是六个人。这座桥是我们的了。

公路保住了。

水来了，可以生产更多的粮食。可以用公路来运粮食。

这些从来没有打过仗的人，没有受过军事训练的人，只需要工作和食物的人，继续战斗下去。

后　记

热与冷

到后来等一切都结束之后，你看到了一部电影。你在银幕上看到它；你听到各种声音和音乐；你还听到你从没听到过的自己的声音，传回到你耳里，讲的是你在黑暗的放映室里或者在炎热的旅馆卧室里匆匆写在纸上的话。但是你在银幕上看到的活动的形象却同你记忆中的事情不一样。

你记得的头一件事是天有多么冷；你早晨起床多么早；你老是觉得多么困，以致任何时候都能睡着；汽油是多么难以弄到；还有我们老是觉得多么饿。路也非常泥泞，我们的司机很胆小。这一切在银幕上都看不到，你只能看到影片里人呼出来的气才能知道天气冷。

关于影片里冷的部分，我真正记得最清楚的是我总是在我那伐木工式的茄克衫的口袋里装着生球葱，什么时候饿得慌就拿出来吃，使尤里斯 · 伊文斯和约翰 · 菲尔诺大为反感。他们再怎么饿，也不会去吃生的西班牙球葱。这跟他们是荷兰人有点儿关系。可他们总是就着那银制的大扁酒瓶喝威士忌，到了下午四点，这瓶子总是给喝空了。我们当时在技术方面最大的发现是带着一瓶酒来把扁瓶灌满，而我们在非技术方面的最大发现是华纳 · 海尔勃仑。

海尔勃仑是国际纵队第十二旅的医官，自从我们认识他以后，我们总能弄到汽油，那是他的汽油。我们只消开车去到一家纵队医院，好好吃一顿，加满汽油就行。他总是把一切都安排得极妙。他供应我们交通工具。他带我们去拍摄进攻的场面，而拍片子时留在我记忆中的印象大部分是海尔勃仑那张歪斜的笑脸，歪戴着帽子，还有他那种慢吞吞的、滑稽的柏林犹太人式的拖长的声调。我晚上从什么地方回马德里，在车上睡一觉时，海尔勃仑会叫他的司机路易斯抄近路去一趟摩拉莱哈的医院。等我醒过来，会发现面前是那古堡的大门，于是在早晨三点钟，我们能在厨房里吃一顿热饭。然后，等我们其他人都睡死了，海尔勃仑却会工作起来；他的工作做得那么好，那么明智，那么不遗余力，那么玲珑乖巧，但是他的神情却总是懒洋洋的，好像没干什么似的。

对于我来说，片子那一段中的主角是海尔勃仑。但是他并没有在片子中露面，他和路易斯如今都葬在巴伦西亚。

古斯塔夫·瑞格勒在片子中露了面。你看到并听到他在演说，那是篇很好的演说，你后来又一次看到他，不是在演说，而是在炮火纷飞的前线，他非常平静，非常愉快，是一位优秀的军官，正在反攻之前指点出近处的一个目标。瑞格勒是这影片中我记得的一个主角。

路卡契[①]在影片里只出现了一小会儿，那时他率领第十二旅沿着阿尔甘达公路作部署。你没有见到 5 月 1 日深夜他在摩拉莱哈那个盛大的晚会上奏乐，他只是在夜间很晚的时候用牙齿咬着一支铅笔哼出的；乐声清晰，轻柔得像从笛子里吹出来的。你在片子里只见了一眼路卡契在工作的镜头。

---

① 路卡契为匈牙利作家马旦·扎尔卡（1896—1937）的化名，第一次世界大战中在俄国被俘，十月革命后曾任红军指挥员，加入共产党。西班牙内战期间任国际纵队第十二旅旅长，1937 年 6 月在前线中弹牺牲。

谈了影片中冷的部分之后，我还记得很清楚那热的部分。在热的部分中，你扛着摄影机奔跑，一边流汗，一边在光秃秃的小山上的褶皱地带藏身。你鼻子里有土，头发和眼睛里也有土，非常之渴，想喝水，嘴巴干得慌，只有在战场上才会这样。因为你在年轻时有过一点打仗的经历，你知道伊文斯和菲尔诺如果这么坚持下去是会被杀死的，因为他们冒的风险太大。而你考虑的道德问题始终是要弄清楚你要劝阻他们有多少是出于根据经验得来的必要而合理的审慎，还是多少像被热汤烫过的猴子就此怕碰热汤了。我记得电影的那个部分尽是汗水、口渴和随风飘来的尘土；我想影片中多少表现了一点这方面的情况。

现在这一切都过去了，你坐在电影院里，音乐突然响起，接着你看到一辆坦克像一艘船似的开过来，在记忆犹新的尘土中哐啷作响，于是你的嘴巴又发干了。你年轻的时候非常在乎死亡。现在你一点也不在乎了。你只是因为它夺走了好些人的生命才恨它。

在战争中，死亡仍然被安排得非常糟糕，你这么想，就随它去了。但是这句话你很想跟海尔勃仑说去，他听了会咧嘴笑笑，还很想跟路卡契说去，他听了会完全理解。所以，如果对你无所谓的话，那我就不愿再去看《西班牙大地》了。我也不会去写有关它的情况了。我没有必要去写。因为我们当时在那儿。可是，如果你当时不在那儿，我想你应该去看看这部电影。

欧内斯特·海明威

转载自《活力》杂志

en, ~~the steel dark~~ and branches
yond a tent, ~~the steel dark~~ from under which
ars. The moon gone down, you step out to see too many
n urinate. The breeze had risen
o Southern Cross up looking at the uncross-like bl
ofundity of initial urination and thus each morning in the
blicity of constellations reflect upon the ~~...~~
sten to the night, and not awake you
n walk to where Pap sits move lightly past you.
ipe comforted, his vestures perched before the fire,
me before daylight and the windless burning of
ead branches he says, "How are you, governor?"

"No worse than you."

The sky is very high there and branches

ome between, ~~the steel dark~~ from under which
yond a tent, you step out to see too many
ars. The moon gone down, the breeze had risen
n urinate up looking at the uncross-like
o Southern Cross
ofundity of initial and thus
urination